集英社オレンジ文庫

神招きの庭 3

花を鎮める夢のさき

奥乃桜子

本書は書き下ろしです。

【目次】

【人物紹介】

綾芽《あやめ》

神命を退ける「物申《ものもうし》」の力を持つ少女で、二藍の妃。二藍を人に戻す方法を探している。

二藍《ふたあい》

兜坂国《とさかのくに》の王弟。神と人の性質を持ち、心術を使う「神ゆらぎ」で、先の陰謀から国を救った功により、春宮《はるのみや》に任じられる。

鮎名《あゆな》

一花《ひとはな》の妃宮《きさきみや》。大君の妃で、現在の斎庭《ゆにわ》の主。

大君《おおきみ》
兜坂国の今上《きんじょう》で、二藍の兄。二藍の身を案じている。
十櫛《とくし》
小国・八杷島《やはじま》の王子。客分として兜坂国の宮廷に預けられている。
羅覇《らは》
八杷島の祭官。以前は「由羅《ゆら》」と名乗り、綾芽の同僚として斎庭に潜入していた。
イラスト／宵マチ

【用語集】

斎庭《ゆにわ》

兜坂国の後宮。神を招きもてなす祭祀の場である。大君の実質的な妃以外に、神招きの祭主となる妻妾たちも暮らしており、名目上の妻妾たちを「花将《かしょう》」と呼ぶ。

外庭《とつにわ》

官僚たちが政《まつりごと》を行う政治の場。斎庭と両翼の存在である。

兜坂国の神々

多くは五穀豊穣や災害などの自然現象を司る。基本的に人と意志疎通はできず、祭祀によってのみ働きかけることができる。その姿は人に似たものから、動物や昆虫などさまざまな形をとる。

玉盤神《ぎょくばんしん》

西の大国、玉央《ぎょくおう》をはじめとする国々を支配する神。厳格な「理《ことわり》」の神で、逆らえば即座に滅国を命じられる。

神ゆらぎ

王族の中にまれに生まれる、人と神の性質を併せ持つ者。心術などの特殊な力が使えるが、その神気により人と交わることはできず、神気が満ちすぎれば完全に神と化してしまう。

物申《ものもうし》の力

人が決して逆らえない神命に、唯一逆らうことのできる力。綾芽だけがこの能力を有している。

神金丹《しんこんたん》

神ゆらぎが神気を補うための劇薬。八杷島によって兜坂国に持ち込まれた。

神招きの庭《かみまねきのにわ》
3
花を鎮める夢のさき

第一章

兜坂国《とさかのくに》に花散らす風の吹く

桃危宮《とうきぐう》の中ほど、東の築地塀《ついじべい》を抜けたところに、桜池という名の見事な池がある。仕《つか》える主《あるじ》に呼ばれて初めて足を踏みいれた綾芽《あやめ》は、思わずおお、と目を丸くした。舟を幾艘《いくそう》も浮かべられそうな、優美な大池が広がっている。水面《みなも》は鏡面のように澄み渡り、秋空をゆくうろこ雲をうつしこんでいた。汀《みぎわ》に敷き詰められた小石は白く輝き、ほとりでは萩《はぎ》の花が眩《まぶ》しく揺れている。

――話には聞いていたけど、こんな綺麗なところだったのか。

自然とあちらこちらに見とれながら、綾芽は露《つゆ》に濡れた草むらを歩きだした。

美しいのは池そのものばかりではない。築山《つきやま》や池のほとりには、梅や躑躅《つつじ》の樹木が植えられている。一番目立つのは桜だ。しだれ桜、山桜。数十はくだらない花の木が、緑の枝を心地よく風に揺らしている。池の北に目を向ければ、これまた立派な檜皮《ひわだ》葺きの正殿が鎮座していて、ほっそりとした渡殿《わたどの》のさきを釣殿《つりどの》まで伸ばしていた。

その釣殿からふと、笑う声がした。

「なんだ、桜池を訪れたのは初めてか？」

扇《おうぎ》を片手に目を細めているのは、兜坂国《とさかのくに》の春宮《はるのみや》（王太子）たる二藍《ふたあい》だった。

綾芽が、女孀《にょじゅ》（下級女官）として仕えているひとである。いつもどおりに髪を項《うなじ》で低くひとつに結び、すらりと立っている。濃紫《こむらさき》の袍《ほう》がよく似合う。

綾芽はぱっと表情を明るくしかけたものの、まずは女孀らしくかしこまって答えた。

「あいにく縁がなかったのです。この桃危宮は、斎庭《ゆにわ》の中でもことさら広くて、殿舎も数えきれないほどありますから」

都の北の一角を占める斎庭は、広大な王の後宮《こうきゅう》である。それでいて、神を招きもてなす場でもあった。百ある大小の宮殿には、王の名代《みょうだい》として神を招く妻妾《さいしょう》ら——花将《かしょう》の住まいと、祭礼を執り行うための殿舎があわせて建てられている。

中でも今綾芽のいる桃危宮は、国の命運を左右する強大な神を鎮《しず》める場だ。官衙《かんが》や殿舎も多く立ち並び、常日頃せわしなく出入りしている綾芽も、足を踏みいれていない場所がある。この池のある美しい庭園もそうだった。

ただ、と綾芽はすこしだけ頬《ほお》を緩《ゆる》めた。

「以前から訪れてみたいと思っていました。どんなところなのか気になっていたのです」

「ほう、なぜだ？」

二藍が思わせぶりに首をかしげる。笑いをこらえているような表情だ。それで綾芽はあたりを見渡した。幸い聞きとがめる人はいない。

だったら大丈夫だろうと草をかきわけ、釣殿に走り寄って、満面の笑みで口をひらいた。

「そりゃもちろん、気に入りの場所だってあなたが言ってたからに決まってるよ」

打って変わった気安い口調に、二藍の瞳は扇の向こうでいっそう柔らかになった。

実のところ、綾芽は二藍に仕えるただの女嬬ではない。

二藍の無二の友であり、妻でもある。

北の朱野《あけの》の邦《くに》で生まれた綾芽がはるばる都にのぼり、斎庭に入ったのは、死んだ親友の潔白を晴らすためだった。当初二藍は国の破滅を避けるべく、そんな綾芽を利用するつもりでいたのだが、いつしかふたりは心通わせ、強い信頼で結ばれるようになる。ついには力を合わせ、親友の死を招き国を滅ぼさんとした恐ろしい陰謀を打ち破った。

その功により、綾芽はただひとりの春宮妃《はるのみやひ》に取り立てられたのだった。以来表向きは二藍に女嬬として仕え、実際は妻として深く想い合い、支え合っている。

もっともこの秘密を知る者はほとんどいない。綾芽は神命を拒《こば》むことのできる『物申《ものもうし》』であり、二藍は神と人の性質を併せ持つ『神ゆらぎ』である。それぞれただびととは違う力を手にしているから、真実を公《おおやけ》にするわけにはいかないのだ。加えて神ゆらぎである二藍は、神気が身に澱《よど》んでいるために人と交われない。子をなせず、人と口づけすら交わせない。だから夫妻と言っても形ばかりで、いつかは終わる関係と決まっている。

しかし綾芽も二藍も、さだめを受けいれるつもりは毛頭なかった。

「どうだった。期待どおりの景色だったか」

二藍は渡殿の高欄《こうらん》越しに腕を伸ばして、扇のさきをトンと綾芽の肩に乗せた。

うん、と綾芽は笑ってうなずく。

「あなたの言うとおりだったよ。斎庭のど真ん中なのに、綺麗なところだな」

「ならばよかった。とはいえ実は、ここは春こそがよいのだ。一面の桜がほころんで、それはそれは美しい」

「え、じゃあ春のうちに来ておけばよかったな。……まあ今年は忙しかったから、花を見ている余裕なんてなかったか」

そのころ綾芽は、膳 司《かしわでのつかさ》に潜入したりしていたのである。

「確かに忙しかったな」

と二藍は、思い出し笑いを浮かべた。残念がっている綾芽に柔らかな視線を落とす。

「だが春はまた来る。次の花は共に見ようか」

優しい声だ。綾芽は眩しい気分になって、笑顔をいっぱいに返した。

「うん、楽しみだ」

美しくも冷たい顔をしたこの男がふと見せる情の細やかさが、綾芽はたまらなく好きだった。必ず夢を叶《かな》えると、そのたびに思いを強くする。

神と人のあわいにあり、孤独に生きてきた二藍を人にする。一緒に幸せになる。添い遂《と》げる。それが綾芽の――そして二藍の夢だった。

「しかし、まずは今日を乗り切らねばならぬな」

やがて二藍は頬を引きしめ、顎《あご》を持ちあげた。

そうだな、と綾芽も背をぴりりと伸ばす。首を巡らせれば、正殿の簀子縁《すのこえん》を幾人もの女官が忙しくゆきかいはじめている。

「そろそろ、例の客人が到着するのかな」

「そのようだ」

今日綾芽が桜池に足を向けたのは、景色を楽しみたいからでも、逢瀬《おうせ》のためでもない。これからこの場へひとりの客人が訪れる。異国の装束《しょうぞく》をまとった、羅覇《らは》という美しい娘。

それで、迎える準備にやってきたのである。

いよいよか。綾芽は身震いを抑えるように、両手を強く握りしめた。

「あの子がやってきたら、気を張って見張らなきゃならないな」

――おかしな真似をしないように。兜坂に悪事を働かないように。

羅覇は、いわば友好の証《あかし》として、隣国八杷島《やはじま》の王から直々《じきじき》に遣《つか》わされた娘だ。本来なら諸手《もろて》を挙げて迎えられるはずだったし、下にも置かないもてなしが待っていた。

しかし残念ながら、今となっては招かれざる客人になってしまった。それもこれも羅覇自身が、神金丹《しんこんたん》という名の秘薬にまつわるとんでもない秘密を明かしたせいである。

先年、兜坂国を恐ろしい謀反《むほん》の企《たくら》みが揺るがした。王伯父《おじ》であった石黄《せきおう》が、海の向こうの大国・玉央《ぎょくおう》に国を売り渡そうと画策《かくさく》したのだ。

二藍と同じく、人と神との間を揺らぐ神ゆらぎだった石黄はそのとき、己《おのれ》の身に備えられた人ならざる力――心術を利用して謀反を遂げようとしていた。心術は人の心を意のままに操る業《わざ》だ。神ゆらぎだけが使えるその力を、石黄は神金丹の力を借りて自在に行使し、大君《おおきみ》さえいいように動かそうとしたのである。

幸いにも、綾芽や二藍の尽力によってこの企みは完膚《かんぷ》なまでに潰《つい》えて消えた。石黄は討たれ、兜坂は保たれた。とはいえあとには解けない謎が残った。国を滅ぼすための薬を、石黄は他国に融通《ゆうずう》してもらっていたはずだ。いったいどこから手に入れたのだろう。

羅覇はあっさりと、その謎を解いてみせた。

神金丹を渡したのは自分たち、八杷島国だ――そう、二藍に目通りするなり申しでたのだ。さらりと、不敵な笑みを浮かべて。

「――あのときは本当に驚いたな」

と綾芽は腰に手をやり嘆息《たんそく》した。「寝耳に水だっただろう？　わたしたちはずっと、玉央が薬をよこしたのだと思っていたものな」

石黄の陰謀が成功した暁《あかつき》に利を得る国は、兜坂を属国にできる玉央国だけである。当然、石黄に陰から手を貸したのは玉央だと誰もが考えていた。

なのに現実は、予想をいとも簡単に覆《くつがえ》す。

「全然関係ないはずの八杷島がまさか、あんな恐ろしいものを融通していたなんてな。いったいどういう意図があって――」

と言いかけて、綾芽は言葉を切った。

二藍は憂《うれ》い顔をしている。足元に目を落とし、頭の中をなにかでいっぱいにしている。綾芽の声も耳に入っていない。

どうしたんだ、と声をかけたいところを綾芽がなんとか我慢しているうちに、ようやく二藍はごまかすような笑みを作ってみせた。

「そろそろわたしは門前へ向かった方がよさそうだな。羅覇の車を待たねばならぬ」

「……そうだな。そうしてくれ」

綾芽はなにも気がついていないふりをした。「こちらも用意を進めておくよ。くれぐれも気をつけて」

「お前もな」と笑みを残して二藍は去る。

背中を見送りながら、綾芽は先日のことを思い返していた。

近頃二藍は、よくああして物憂《ものう》げにうつむいている。それがいつからか、はっきりと覚えている。

ほんの二十日《はつか》ほど前である。

八杷島から遣わされた大使団に交じって都にのぼった羅覇が、いよいよ二藍と面会する運びとなり、二藍の居所《きょしょ》・尾長宮《びちょうぐう》を訪れた。そして、石黄に神金丹を渡したと明かした。ふたりの会談を、綾芽は物陰に潜《ひそ》んで聴いていた。そして羅覇の思わぬ暴露と秘密にひどく驚いて、羅覇が辞したとみるや二藍のもとに駆け寄ろうとしたのだった。今すぐ話し合いたかったし、話さなければならないこともあったのだ。

だが足は、途中でぱたりととまってしまった。

御簾《みす》のうちに座した二藍の様子は、尋常《じんじょう》ではなかった。両手を畳について、なんとか身体を支えている。瞳は悄然《しょうぜん》と床に向けられていた。まるで、心の柔らかいところをぐさりと抉《えぐ》られたように。

どうしたんだ、と綾芽は不安になった。そこまで羅覇の告白が衝撃だったのか。

そっと声をかけると、振り向いた二藍の顔はやっぱり血の気が引いていて、ますます綾芽の心はざわめいた。

けれどそのときは、二藍はすぐに動揺を意志の下に押しこめた。神金丹の話を大君に伝えねばならぬと厳しい顔で立ちあがり、綾芽にも、大君の一の妃《きさき》で斎庭の主である妃宮《きさきみや》・鮎名《あゆな》を呼んでくるよう言った。綾芽は鮎名のもとに走り、ともに大君と二藍の待つ木雪殿《もくせつでん》へ向かった。

そこでも二藍はすこし様子がおかしかった。綾芽が着いたとき、母屋《もや》にはすでに二藍と大君が揃《そろ》っていたが、信じられないことに、ふたりはわずか御簾一枚を挟んで向かい合っていたのだ。

普段だったらありえない。二藍は神と人の間にある神ゆらぎだ。それも神気がいっそう濃く、神に近しい性質を持つ。いとも簡単に、ひとの心を操る心術を用いることができる。

だからこそ二藍は疑われないよう、相手を不安にさせないよう、細心の注意を払っている。貴族や高官とは決して直接目を合わせない。心術を使うとき、相手の目を見るからだ。

大君の前ではなおさらだったはず。それを忘れるほど、今の二藍には余裕がない。

鮎名は西の廂《ひさし》で一度立ちどまり、眉をひそめた。

「二藍はどうしたんだ。ずいぶん落ち着かない様子だが」

やはり鮎名も変だと思うのかと感じつつ、わからないのです、と綾芽はうつむいた。

「羅覇さまと話されたあと、お疲れのようではありました。敵対している玉央ではなく、友好国の八杷島が神金丹を石黄に渡したことに動揺されていらっしゃるのでしょうか」

「あれはそのようななやわな男ではないだろう」

と鮎名は首をかしげた。「他にもなにか、羅覇は二藍に申したのではないか」

「なにかというと」

「たとえば二藍自身のありようについての話だ」

綾芽は戸惑った。ありよう、とはどういう意味だろう。

「……わかりません。わたしは途中からしか話を聞けなかったのです」

綾芽は最初出かけていたから、話の頭から耳にしていたわけではないのだ。

でも鮎名の指摘は的《まと》を射ている気がした。二藍自身について、たとえば神ゆらぎであるその身について、羅覇が厳しい事実を突きつけたのかもしれない。羅覇は、八杷島の祭祀《さいし》を司《つかさど》る祭官である。綾芽たちよりはるかに神ゆらぎについて理解している。

「まあいい。おのずとわかるだろう」

鮎名は小さく息をついて、母屋に声をかけた。すぐに御簾の奥から大君の声が返る。

「鮎名か。早かったな。こちらへ参れ」

助かった、という声音に聞こえる。おそらく大君も、二藍の常ならぬ様子に困惑しているのだろう。

鮎名が御帳台《みちょうだい》の脇に座し、綾芽が二藍の隣に座ると、大君は二藍へ、鮎名にもあらましを語るよう命じた。

二藍は思いのほか冷静に口をひらいた。

「綾芽におおむねお聞きかと存じますが、改めて。羅覇は、陰謀を企んだ石黄に神金丹を渡したのは、確かに八杷島だと申しました。八杷島は我らが友好国にも拘《かかわ》らず、国を覆さんとする陰謀に関係していたのです」

しかし、と二藍は続けた。

「羅覇はこうも申しました。八杷島は石黄の求めに応じて神金丹を与えただけであり、なんのために必要としていたのかも、謀反の企み自体も知らなかった」

「つまり八杷島には罪はない、石黄と共謀して兜坂を陥《おとしい》れるつもりなど露もなかったというわけか」

「ええ。真実かどうかは別として」

鮎名はしばらく二藍が言葉を継ぐのを待って、やがて釈然としない顔をした。

「それですべてか？　他にもあるのでは？　お前はずいぶんと動揺しているようだが」

「すべてです」

被《かぶ》せるように言い切って、二藍は頭をさげる。もう口をひらこうともしない。大君と鮎名は顔を見合わせた。

埒《らち》が明かないとみたのだろう、ほどなく大君は話を進めた。

「八杷島が神金丹の出所なのがまことならば、我らは祭王《さいおう》に抗議せねばならぬが……そもそも解《げ》せぬことがある。なぜ八杷島は、あの祭官――羅覇を我が国に派遣したのだ」

大君の疑問はもっともだった。

もともと羅覇は、玉盤神《ぎょくばんしん》に苦しむ兜坂国に差し伸べられた救いの手のはずだった。

兜坂の国は古来より、さまざまな神を斎庭に招きもてなしてきた。ほとんどは雨神風神、稲の神に山の神と、自然がそのまま神の姿をとって現れたに等しい神々である。ときには災厄を撒《ま》き散らす荒れ神と変じた神を鎮め、またときには恵みを与える神を厚くもてなして利を引きだし、時間を稼《かせ》ぐ。そうして国を、民を守ってきた。

しかし国の外から訪れた玉盤神なる一連の神々にだけは、兜坂のやり方がなかなか通用しない。玉盤神は、古来より兜坂が奉じてきた神と性質が大きく違う。人の上に理不尽かつ厳格な法を定め、その遵守《じゅんしゅ》を求める理《ことわり》の神だ。

これが恐ろしいのは、すこしでもこちらが彼らにとっての理を外れれば、すぐさま滅国《めっこく》を宣言するところである。滅国となれば、文字どおり都は燃えあがり、土地は荒れ果て、国ひとつが滅びて消える。

今のところ兜坂の斎庭は、ぎりぎりの綱渡りを重ねてこの玉盤神を退《しりぞ》けている。だが遠からず追い詰められるに違いなかった。

玉盤神は厳格な法の上に坐《いま》す神々だからこそ、ふるまいひとつひとつにかっちりとした理がある。つまりは、どのようなときどのように動くのかの癖《くせ》を知り抜けば、ある程度は出方を予想できるようになる。

実際、長く玉盤神を奉じてきた国々は、膨大《ぼうだい》な知識をもって玉盤神と渡り合い、ときにはこの恐ろしい神を相手に自国の利さえ引きだしてしまうという。相対してきた経験が多いほど、あらゆる状況での知見が集まり知恵と化す。知恵さえあれば、玉盤神とて恐れるには足らず。

しかし玉盤神を招かねばならなくなって百年足らずに過ぎない兜坂には、圧倒的にそれが足りなかった。玉盤神がいかに動き、判断を下すのかを予期できるほどの積み重ねがない。複雑な理を解きほぐし、自《みずか》らのものとして噛みくだけていない。ゆえに簡単にあとがなくなる。追い詰められる。

兜坂は、玉盤神についての知識を渇望《かつぼう》していた。

そこに差した一筋の光が、八杷島からの申し出だった。祭祀を司る祭官の一族を貸し与えるという願ってもない話が、あちらから勝手に舞いこんできたのである。

「下世話な言い方をすれば、八杷島は我らに貸しをつくろうとしたのでしょうね」

鮎名が檜扇《ひおうぎ》の向こうで思案げに息をついた。

東の兜坂と、西の巨大な玉盤大島。二つの島の合間にぽつりと浮かぶ、小さな島国が八杷島だ。難しい舵取《かじと》りを迫られるこの国と、兜坂は長らく友好を結んでいた。求めに応じた派兵の機会も幾度もあった。八杷島にとって、玉央の脅威の前で頼りとなるのは兜坂だけだったのである。

逆に、兜坂が玉盤神についての助力を乞えるのも八杷島だけだった。八杷島は、兜坂よりもはるかに昔から玉盤神を迎え、その理を深く解している。ことに祭官の一族は、玉盤神を奉じる廻海《めぐりのうみ》の国々の中で、玉盤神をもっとも理解していると言っても過言ではない。知識をすこしばかりでも分けてもらえれば、どれほど楽になるか。

そう知っているからこそ八杷島は、兜坂のために一肌脱いだのだろうか。

「ありがたきことではありますが」

という鮎名のつぶやきを聞く大君の表情は晴れなかった。

「よく考えれば不可解な話でもある」

玉盤神と対峙《たいじ》して積み重ねた知恵は、どの国でも秘中の秘である。容易《たやす》く国を滅ぼす神の真理を知るか知らざるかは、そのまま国の興亡を左右する。当然、どれほど友誼《ゆうぎ》の深い国同士でも、決して分け与えられるものではない。

なのに八杷島は、おのずから兜坂に手を差し伸べた。なぜ？

「そしてここにきて、不可解がひとつ増えてしまった」

大君は悩ましく額《ひたい》を押さえた。

「なにゆえ羅覇は我々に、石黄に神金丹を渡したのが己《おの》らだと明かしたのか。言わねばこちらも気づかぬものを、あえてつまびらかにする意図が摑めぬ」

兜坂に救いを与える者として訪れ、下にも置かぬ扱いをされるはずだった羅覇は、来るやいなや、陰謀への関与を告白してきた。

どうしてわざわざ、神金丹を融通したのは自分たちだなどと話したのだろう。

八杷島が祭官を寄越したのが兜坂に貸しをつくり、味方につけておこうと考えてのことなら、自国の落ち度をさらけだして得るものはない。八杷島が石黄に手を貸したと知れば、どのような理由であれ、兜坂の八杷島への心証は悪くなるし、警戒するだろうに。

「祭王は、謝罪の意味で祭官を送ってきたのかもしれぬな」

大君は独り言のように口にした。

「であれば、もろもろの道理も通る。八杷島は厚意で神金丹を石黄に与えたものの、それは悪用されて、我が国は滅国寸前に追いこまれた。詫びとして、玉盤神の知識を分けようと考えたか」

「八杷島に益はないのに、神金丹の出どころを明かしたのもそのためでしょうか」

「だろう。言わぬわけにもいかぬが、とても国書には記せぬ事柄ゆえ、羅覇にそれとなく伝えさせたか」

大君は、同じく国を統《す》べる八杷島の王に思いを馳《は》せているようだった。

――確かに、道理は通る。

綾芽は唾《つば》を飲みこんだ。八杷島は悪くない。責められるべきは厚意を踏みにじった石黄だけ。そうだったらどんなによいだろう。

しかし真実は違うのだ。綾芽は知ってしまっている。

思いきって顔をあげる。正面きって口をひらいた。

「畏《おそ》れながら申しあげます。此度《こたび》のことは、それほど簡単なお話ではないと思われます」

大君の、鮎名の、そして押し黙っていた二藍の視線が集まる。綾芽は短く息を吸い、勢いで言った。

「なぜならば、あの祭官は正体を偽《いつわ》っているのです。初めて兜坂にやってきたように振舞っておりますが、実際はそうではありません」

「そうではない？」

「あの娘は、先年にこの斎庭から姿を消した——由羅《ゆら》という女を騙《かた》った釆女《うねめ》なのです」

綾芽と同じ室《へや》で寝起きして、女官として斎庭で働いていた。なのに煙のように行方《ゆくえ》をくらまして、いくら二藍が手を尽くして探そうと見つからなかった娘。

斎庭に忍びこみ、内情を探っていたであろう娘。嘘にまみれた娘。

それが、あの美しい祭官がひた隠しにしている素顔だ。

「まさか」と二藍が、信じられないような顔で腰を浮かせた。

「羅覇は、由羅とは似ても似つかぬ娘ではないか」

「確かに仰《おっしゃ》るとおりです。羅覇と由羅はまったく似ていない」

祭官として訪れた羅覇は、類《たぐ》い稀《まれ》な美しい娘である。大きな目、白く澄んだ肌に、ほんのりと染まった頰。一方の由羅は、そばかすが浮いたかわいらしい顔だちだった。

「でもふたりは同じ娘です。間違いありません」

なぜわかる、と二藍の突き刺すような瞳が問うている。綾芽は唾を飲みこみ続けた。

「さきほど羅覇の顔を眺めるうちに、おかしなものが見えてきました」

羅覇の完璧な笑みがときおりぼやける。変だなと思ってよくよく集中すると、艶《あで》やかなかんばせに、まったく別の顔が重なって浮かんでは消える。

「それで気がつきました。羅覇の美しい目鼻立ちは、由羅としての素顔を隠すもの、偽物《にせもの》に過ぎないと」

かわいらしく小首をかしげる仕草も、才気走って輝く瞳の色も、誰もを魅了するような微笑みさえも、すべてが偽りなのだ。

「まことか？　わたしの目には、羅覇の顔に重なるなにかなどは見えなかったが……」

「信じてください！　本当に見えたのです。確かに羅覇のうしろに由羅が」

「無論信じるが」

と二藍はこめかみを押さえた。「とすると、羅覇は心術を用いているのだな。だからお前にだけ、隠していたはずの素顔が露《あら》わになってしまった」

ええ、と綾芽はうなずいた。二藍の言うとおりだろう。

心術は、どんな者の心にも忍びこむ。大君でさえ抗《あらが》うのは容易ではない。だが唯一、綾芽にだけは絶対に効かなかった。神の下す神命さえ退ける、神に物を申す者――『物申』

である綾芽の心は、心術に弄《もてあそ》ばれたりはしないのだ。

その綾芽にだけ素顔が見えるのはつまり、羅覇が人々の目を心術でだまくらかしているからに他ならない。

「おそらくは、伎人面《ぎじんめん》の助けを得ているのであろう」

黙って聞いていた大君が、声を低めた。

「義母君《ははぎみ》――太妃《たいひ》から教えていただいたことがある。かつて玉盤大島を手中に収めていた大国・斗涼《とりよう》には、世にも不思議な面があったという。その面を被った者に心術をかければ、見た者は、面に描かれたに過ぎぬ顔を本物と見紛《みまが》うのだ」

綾芽は頰を紅潮させた。羅覇が使っているのはそれに違いない。

なるほど、と鮎名も息を吐く。

「八杷島の祭官とはそもそも、斗涼の王族の末裔《まつえい》と言われているのでしたか。ならば、斗涼に伝わった伎人面を、受け継いでいたとしても不思議はありませんね」

羅覇たちの一族は、もとは王族だったと伝承されている。玉央の前に玉盤大島を束ねた斗涼という大国があった。それが滅びた際に、八杷島に逃げ延びた者が祖だというのだ。

伎人面が斗涼の至宝だったなら、その子孫の羅覇の手にあるのも至極自然。

「まず間違いなかろう。伎人面に八杷島の神ゆらぎが心術をかけて、それを羅覇が被っている。それとも羅覇自身が神ゆらぎか。どちらにしても、まさか一度逃げ帰った曲者《くせもの》が再び平然と現れるとはな。甘く見られるにもほどがある」

大君は皮肉な調子で笑いをこぼした。

二藍がいっそう厳しい顔をして進言する。

「かつて潜んでいた不審の者が、顔を変えてまでわざわざ戻ってきたのです。いよいよ兜坂に害をなす計略を携《たずさ》えてきたに違いありません。どうか御身《おんみ》のため、国のため、あの祭官を追い払われますように」

二藍の訴えはもっともに思われた。羅覇が、内情を探るためだけに戻ってきたとは考えにくい。祭官という目立つ立場で舞い戻ったからには、その立場でしか会えない人物――大君をはじめとした上つ御方に対して、なにかの手を打つつもりなのだ。

しかし螺鈿《らでん》を蒔《ま》いた脇息《きようそく》に肘《ひじ》をついた大君は、「それはできぬ」と息を吐いた。

「あの祭官は、客人として遇する」

二藍は愕然《がくぜん》と兄王を見つめた。非難めいた視線に応《こた》えず、大君は鮎名へ問いかける。

「そなたはどう思うか、鮎名よ」

「お心のままに。羅覇は変わらず、客人として歓待するのが得策かと。我らはなにも知らず、気づかずと思いこませておくのがよろしいでしょう」

望んだとおりの答えだったのか、大君は目尻を緩めた。

当然二藍は納得しなかった。大君を見つめて、強い口調で問いただす。

「なぜそのようなご判断をなされたのか、説明をいただきたい」

「説明せずともわかるだろう。我と我が妃の裁定ぞ。口を慎《つつし》め」

「なにとぞご説明を」

二藍は退《ひ》かなかった。大君は眉をひそめたが、結局は折れた。

「確かに羅覇は策謀を携えているのかもしれぬ。だが今の我らには、羅覇の持つ玉盤神の知識が必要だ。ここでむざむざと追い返してしまっては、得るものも得られぬ。八杷島との関係も悪化しよう」

二藍は信じられないというように目をみはった。大君は羅覇に、当初の予定どおり祭官としての働きまでも期待している。信頼できない相手に、知恵を乞おうというのだ。

「この期《ご》に及んでも、あの娘が我らに益ある知識を渡すとお思いなのですか？」

「策謀を抱えていればこそ、己の役目はしっかりとこなすに相違あるまい。策謀が成る前に、わたしの怒りを買えば意味もない」

「ゆえに羅覇に信を置くと、そのようにお考えか？」

「置くものか。ただ泳がせるのだ」

「泳がせる？」

「あの者の腹のうちになにがあるのか、見極めをつけねばなるまい」

「見極めるために、留め置かれると仰《おお》せなのですね」

「そのとおり。今あれを追放したとして、ことが収まるわけではない。八杷島の考えが見通せない以上、羅覇を追いやっても別の者を送りこまれるだけ。なれば動かぬが最善であろう。我らはある意味で羅覇の弱みを握っている。みすみす手放すとは愚にもつかぬ」

「なりません」

二藍は、はっきりと大君の意にさからった。

「そのような危険な手を使うわけにはまいりません。羅覇の真意を明かしたい、そうお望みならば確実な方法があります。わたしが――」

「だめだ！　二藍さま」

二藍が全部を言う前に、綾芽はとっさに身を乗りだした。なにを奏上《そうじょう》するつもりかなんてわかっている。

「心術で、羅覇の口を無理矢理割ればいいと仰るんだろう？　あなたが心術で命ずれば、どんな相手だって黙っていられないから。でもそんなの、絶対やめてくれ。自分を犠牲に心術を使うのはやめるって約束したじゃないか」

心術を用い続ければ、神ゆらぎはいつか振り切れてしまう。一線を越えて神と化す。もはや人には戻れなくなる。そうならないように、綾芽と生きていくために、いつかは人として歩むために、なるべく心術には手を出さない。約束したはずではないか。

二藍は口の端《は》に力を入れた。まなじりを決して綾芽に向き直る。

「無論、約束を違《たが》えるつもりはない。わたしだって死にたくはない」

「だったら――」

「だが、心術を用いねばならないときは迷わない。そうも約束しただろう」

「……したけど」

綾芽の心にふつふつと怒りが湧きあがった。確かに約束したけれど。

「無茶を言わないでくれ。羅覇にはもう強い心術がかかっている。さらに心術を重ねるのは至難の業だ。いかにあなたの力をもってしても、うまくいかない」

この一度の心術で、二藍は踏み外す。失敗する。人としての二藍は死んでしまう。

「命をかけてどうするんだ。こんなところで諦《あきら》める気なのか？」

自ら夢を投げだしてしまうというのか？

二藍は黙りこんだ。再び引き結んでいた口を解こうとしたとき、大君の声が張り詰めた沈黙を切り裂いた。

「綾芽の申すとおりであろう。心術を使ってはならぬ。お前の命の方がはるかに大事だ」

思ってもみない言葉だったのか、二藍は目を見開いた。

「……なにを仰る。わたしの命が、国より大切なのですか」

「まさか。お前の命と国ならば、国をとるに決まっている」

突き放した大君の声は、いたく冷ややかだった。

「お前はただ、比べるべきものを間違っている。今お前の命と秤《はかり》にかかっているのは国ではない。羅覇の口を割って得られる答えに過ぎぬ。斎庭《ゆにわ》にて羅覇を歓待せよ。客人には相応のもてなしをせねば、国の威信を傷つける。……それから」

と傍《かたわ》らに置いてあった瓶子《へいし》をとる。意を汲《く》んだ鮎名が御簾を巻きあげると、二藍の顔に瓶子の水をぶちまけた。

「お前は頭を冷やした方がいい。よくよく冷えたら、己《おの》が妻に謝罪せよ」

そうして母屋を出ていった。

大君の姿が見えなくなってもなお、頰を次々と伝い落ちる水滴に呆然としている二藍を、鮎名がため息交じりで諭《さと》した。

「なにか、気がかりがあるのだろう？　いつまでも心に留め置いているからこうなる。心配ごとがあるなら言え。わたしたちに言えずとも、綾芽に言え。いいな」

鮎名の衣擦《きぬず》れの音が遠ざかり、聞こえなくなってから、綾芽はそっと身じろいだ。二藍は、黙って袖《そで》で顔を押さえている。どう声をかけるべきだろう。

悩んだ挙げ句に出てきたのは、一言だけだった。

「帰ろう、二藍」

とにかく尾長宮に戻って休もう。それからゆっくり考えればいいじゃないか。

答えはなかなか返ってこない。ふたりだけの木雪殿は、がらんと広い。

「……悪かった」

やがて二藍は力なく腕をおき、ぽつりと言った。

「よくよく考えてみれば、お前や大君の仰せのとおりだ。性急に過ぎた。許してくれ」

「そんな、気にしないでくれ。いいんだよ」

肩を落としている二藍に寄り添うように、綾芽は急いで座り直した。

「いやよくないけど、あなたが心配するのは当然だ。ただその……」

ただ、どうしてそんなに心を乱したのかを教えてほしかった。

確かに二藍の判断は性急で、らしくなかった。普段の二藍だったらむしろ、羅覇を泳がせようと自分から提案しそうなものなのに。

鮎名の言うとおり、二藍にはなにか気がかりがあるのだ。だからこそ、今すぐ羅覇の心のうちを明らかにせねばと思い詰めた。

「……あの子はなにか、あなたを傷つけるようなひどいことを言ったのか」

回り道をしても仕方ない。思いきって真っ向から尋《たず》ねてみると、二藍はあらかじめ用意していたかのように「そうではない」と答えて、軽く笑ってみせた。

「もっとも、あの娘の口ぶりにはかなり腹が立ったがな。不遜《ふそん》な娘だ。気質はとても由羅と同じ娘には思えぬ。あれはおとなしい娘だっただろう」

綾芽は、かつての同室の娘を思い浮かべた。確かに羅覇のような、挑発的な物言いはしたことがなかったけれど。

「どうだろう。よく似ているような気もするよ。どちらも嘘で、真意が見えない」

由羅という名であったとき、羅覇は物静かな娘だった。いつもにこにことしていて、人当たりもいい。でも裏では、綾芽が二藍の怒りを買うように仕向けていた。表の顔とはまったく違ったのだ。今だって笑みの裏で、なにを考えているのかわからない。

なんとはなしに言ったのだが、ほう、と二藍は感心したようにつぶやいた。

「さすがお前は、人の心の底をよくよく見通す」

「なんとなく思っただけだよ」

「いや。誰しもお前には、まことの気質を見抜かれる。どんなに隠しても結局は――」

二藍はふいに口をつぐんだ。

沈黙の意味に思い至って、綾芽は密かに胸を押さえた。二藍は、重い口をひらこうとしている。羅覇となにがあったのか、告げる決意をしたのだ。

「……さきほど、羅覇に会ったとき」

「うん」

「神金丹を見せられた。さしあげるとも言われた。受けとらなかったが」

「まさか羅覇は、あなたに呑ませようとしたんじゃないだろうな」

綾芽の顔は曇った。神金丹は、二藍にとっては猛毒に等しい。もともと神に近しい神ゆらぎである二藍が口にしたら、たちまち人としての意志を持たない荒れ神に変じてしまう。

「そうではない」

と二藍は笑った。「あの者は呑ませようとしたわけではない。だが」

「……だが？」

「ちなみにお前には、神金丹はどのように感じられる？」

唐突な問いかけに綾芽が目を瞬《まばた》かせていると、二藍はすこし言いなおした。

「あの薬に込められた、神気の匂《にお》いや気配がわかるか」

ああ、と綾芽はようやくうなずいた。砂金の粒のように鈍《にぶ》く光る神金丹。石黄の館で拾ったものを持っていたから、よく覚えている。

「神金丹を手にすると、こう、背筋がぞわぞわとして、気持ちが悪くなるよ。つい顔を逸《そ》らしてしまいたくなるというか。悪寒《おかん》が走って、とめようとしてもとめられない」

「……なるほど」

二藍は床に目を落としたまま、何度も小さくうなずいた。言葉の意味を吟味《ぎんみ》しているような、頭の中で堂々巡りをしているような。

綾芽は続く言葉を待った。

でもそれは、ついぞ口に出されることはなかった。二藍はもう一度「なるほど」とつぶやくと、疲れたような笑みを浮かべて立ちあがったのだった。

（二藍は、なにを言おうとしたのだろうな）

日差しの穏やかな桜池のほとりには、すっかり羅覇を迎える準備が整って、あとは到着を待つばかりになっていた。羅覇はこの池で執り行われる祭礼を見学して、それから饗宴《きょうえん》で歓待される。

釣殿の隅に他の女官と並んで控えながら、綾芽は二藍のことを考えていた。あのとき二藍は、なにかを告げようとしていたのだった。結局は綾芽に見透かされてしまうからと、どこか腹をくくったように。

でも言わなかった。言えなかったのだ。

二藍が呑みこんだ言葉はなんだったのだろう。神金丹を見せられた――そうこぼしていた。あの金色の粒を前になにを思ったのだろう。なにがあそこまでの焦《あせ》りに追い立てたのだろう。

禍々《まがまが》しい、ぞっとするような香りを放つ神金丹。

――もしかしたら、と気がついた。

(二藍にはあの匂いが、わたしとはまったく違うものに感じられるのかもしれない)

つい手を伸ばしたくなるような、この世のものとも思われない甘やかな薫香《くんこう》がするのかもしれない。

あれは一粒呑むだけで、人としての二藍を殺す劇薬だ。もし口にすれば、綾芽と添い遂げる夢も潰えてしまう。わかっているのに、それでも強く惹《ひ》かれてしまうのかもしれない。

二藍は人ではないから。神気を操る者だから。

綾芽とは、違うものだから。

だから二藍は、あんなにも心を乱していたのだろうか。自ら夢をうち壊そうとする自分のありように、絶望したのだろうか。

（だとしたら――）

ふと顔をあげると、渡殿をこちらへ近づく影があった。見目《み》麗《うるわ》しい男女がふたり。羅覇と、案内をしている二藍だ。

羅覇はたっぷりと長い衣《ころも》に紗《しゃ》を重ね、ふわりふわりと歩いてきた。控える綾芽の前を通り過ぎても一瞥《いちべつ》もくれない。大きな瞳を緩やかに細めて、ただただ二藍に話しかけている。

「美しい池ですこと。春になればさぞや壮観でございましょう？」

羅覇の頬に浮かぶのは、誰もが一目で心を奪われてしまいそうな微笑みだ。

しかし当の二藍は、「そうであろうな」と短く返すばかりだった。瞳は冷めきって、羅覇をちらとも見ず、突き放した態度を崩さない。釣殿に腰を落ち着けて祭礼の始まりを待つ間も、そっけなく、外側を撫でるような返事を続けた。羅覇を警戒しているのだ。

二藍は、表向きには何事もなかったように冷静さを取りもどして、羅覇を賓客《ひんかく》として遇する手はずを整えた。その手はずにはもちろん、周到に張りめぐらされた警戒の網も含まれている。羅覇だけでなく、八杷島からやってきた使節の一団には神ゆらぎも交じっているはずで、二藍はことさら慎重を期して、信頼のおける手の者をあちこちに置いていた。綾芽もその一員である。

兜坂に八杷島の神ゆらぎが渡ってきているのは間違いない。先日の祭礼でも、女舎人《おんなとねり》の千古《ちこ》が何者かに心術をかけられ、危うく神招きを失敗するところだった。

しかし、いまだ誰が神ゆらぎなのかは見当もついていない。神ゆらぎは王族のみに生まれるとはいえ、八杷島の王族は数が多くて全員を把握しきれないから、八杷島使の一行に紛《まぎ》れていれば見分けがつかない。さらに悪いことに、羅覇も斗涼の王族の血をひいている。つまり羅覇自身が神ゆらぎの場合もありえる。ただただ目を光らせるしかなかった。

二藍と羅覇が池へ向かって頭をさげたので、綾芽もそれに倣《なら》った。いよいよ祭礼が始まるらしい。

桜池は、やはり鏡面のように澄んでいる。水面に映るは秋の空の青。それから湖畔《こはん》のしだれ桜の緑。

そして池の中央には、ぽつりと朱色の小舟が浮かんでいる。宝髻《ほうけい》を結い上げ、裳《も》を重ね、着飾った鮎名がひとり乗っている。青空に、さっと白粉《おしろい》を刷《は》いたような淡い雲が流れると、鮎名は巻子《かんす》をするすると広げて、神を招く祭文《さいもん》をあげはじめた。

平らかな水面が波打ちはじめる。

風もないのに——と思ったときには、大きく水しぶきがあがっていた。透き通った朱色の大旗が、澄んだ水面を突き破り、鮎名の眼前でゆったりと翻《ひるがえ》る。

よく見れば、旗ではなく巨大な尾びれだった。どこぞの湖のヌシが、鮎名の招きに応じて降り立ったのだ。

魚神の尾や長いひれが、次々と水面から覗いてはきらめき、また消える。

羅覇がほう、と感嘆のため息を漏らした。

「美しいものです。焔《ほむら》のようにはためいて」

鮎名は粛々と祭礼を進める。船べりから両腕を伸ばし、夕膳《ゆうべのみけ》の載《の》った折敷《おしき》を水に落とすと、神饌《しんせん》を追った魚神の姿は池の底に沈んでいって見えなくなった。

再びひっそりと静かな桜池が戻る。それが、今宵の祭礼が終わった合図だった。

鮎名の小舟が滑るように池を横切って、しだれ桜の枝の合間に隠れていく。鮎名のまとった薄紅色の衣が、ちらりちらりと桜の葉の緑に現れては消えた。

ここで初めて、二藍は羅覇に目を向けた。

「どうであった。楽しめたのなら幸いだが」

羅覇は微笑みを返した。玻璃《はり》のごとき笑み。

「まこと、よきものを見せていただきました。御礼申しあげます。わたくしも祭祀を司る一族を名乗っておりますが、あれほど美しき魚神はついぞ目にしたことがございません」

「なかなか世辞がうまい。そなたの国は海の中島。しきりに魚神を招いているだろうに」

「海の魚と山の魚は違うものです。我が国には、あれほど柔らかなお色の神はおられません。そもそもかように彩りのよろしい魚すら、我らが近海には見当たらないのです」

ふたりはゆっくりと歩きだす。羅覇の髪を彩った、珊瑚《さんご》を嵌《は》めた笄子《かんざし》がちりりと揺れる。

「意外なことだ。八杷島の海には、極彩色の魚が多くいると聞くが」

「無論、すこしはおります。たとえばあなたさまの御名そのままに、赤と青の眩しき縞《しま》を持った魚などは、たいそう美しい」

「ほう。気になるな」

「運魚《うんぎょ》、と申します」

羅覇は大きな瞳を二藍に向けて、にこやかに告げた。

「見目ばかりでなく肉も美味で、神々はことさらこれを好まれます。名の由来も、ついその味に魅《み》せられた神を八杷島に運ぶところからとか」

美味ゆえに神に歓迎され、八杷島に神を運ぶとされる運魚。重宝していると羅覇は言った。朝廷に売れれば、漁民がひと月は暮らせるほどの値がつくのだという。

「それほどの魚ならば、市《いち》でも引く手あまたであろう。そなたらも手に入れるのに苦労するのではないか」

「それがそうでもないのです。なぜなら運魚の肉は美味でも、人の口に入ることは決してありませぬ」

「なぜだ」

羅覇は立ちどまり、じっと二藍を仰ぎ見た。その品よき形の唇に、深い笑みが浮かぶ。

「殺すのです」

「殺す？」

「猛毒をもっております。口にした者を散々に苦しませ、なぶり殺す。そのような毒です。無知なる漁民は、名の由来はそちらにあると信じております。死を運ぶ魚――」

それで、運魚。

まるであなたさまのよう――そう言わんばかりの羅覇の声に、付き添っていた綾芽は息をとめた。前栽《せんざい》のどこかで鳴く虫の声が、急に耳に大きく響く。

なるほど、と二藍はうっすらと笑みを返した。

「面白い。さすがは祭王の遣わされた祭官だ。こののちの宴《うたげ》でも大いに期待できるというものだ」

歓迎の饗宴で、羅覇は兜坂の面々に玉盤神の知識を授けることになっている。

二藍の声には強烈な皮肉の色が含まれていたが、羅覇はまるで動じず、しとやかに微笑んだ。

「お任せくださいませ。玉盤神とはなんなのか。なんのために滅国を命じるのか――。きっとみなさまに、お心の底から楽しんでいただけるものと信じております」

「楽しむ、か。興味深くはあっても、楽しい類いの話ではなかろうに」

「そうでしょうか。ことあなたさまには、心の躍《おど》るお話かと存じますが」

「天地がひっくり返ってもあるまいな」

二藍の声がいっそう冷える。けれど羅覇は、「いいえ」ときっぱりと返した。

「あなたさまは神気のいと濃き神ゆらぎ。必ずや、かの神のありように感じ入られます」

——必ずや。

繰りかえした声には、驚くほど熱がこもっていた。そうであってほしいという昏《くら》い熱が。

綾芽は、思わずまじまじと羅覇の横顔を見やった。

美しい娘は、偽りの唇をつりあげていた。


桜池を望む正殿で饗宴が始まった。すくなくとも表向きは和《なご》やかに進んでいた場はしかし、宴もたけなわで不穏な空気に包まれた。

羅覇が唐突に言ったのだ。

「実は玉盤神とは、人に恵む神なのです」

饗宴の場にいるのは、斎庭《ゆにわ》でも選ばれし者ばかりだ。鮎名や、御簾の奥に座した二藍をはじめ、羅覇がいつ、いかなる手に出たとしても冷静に対処できるような、選《え》りすぐりの女官と花将が集《つど》っていた。

それでもこの羅覇の一言は、みなの息を一瞬とめた。

二藍のそばで、屛風《びょうぶ》の裏に隠れている綾芽も同じだった。玉盤神が恵む神？　そんなわけはないだろう。理不尽な理《ことわり》こそ押しつけられ続けてきた。ややこしい手順で王の名を記さねばならない。民の飢えなど気にもせず、一定の稲を献じねばならない。法に粛々と従わなければ、手順にすこしでも誤《あやま》りがあれば、即刻国を滅ぼされる。

恵みを受けたためしなど、一度たりともない。

「意味がまったくわからぬな。玉盤神が与えるのは息の詰まるような理と、容赦のない滅国の罰だけではないか」

みなの思いを、正面の御簾の奥に座した鮎名がはっきりと言葉に表した。

しかし不遜にも羅覇は、鮎名が間違っていると断じた。

「そのお考えがそもそも誤解なのです。滅国とは罰ではございません」

罰ではない？

にわかに鋭くなる女官らの視線をものともせずに、羅覇は軽やかに続ける。

「ではたとえ話をいたしましょうか。斎庭とは、あまたの神を招き、もてなす場でございますね。ほとんどの祭礼は、さきの魚神のときのように穏やかに進みましょう」

まこと、美しい祭礼でございました。羅覇はうっとりと息を吐いた。

「しかし元来、神とは人と塵芥《じんかい》の区別がつかぬもの。ゆえに、ときには命を散らす祭礼を、いとも簡単に求めます。犠牲をさしださねば神が鎮まらない――そのようなとき、この国の斎庭ではどうされるのですか？」

「誰ぞに死ねと命じような。お前の死をもって神を鎮め、みなを救えと」

鮎名はあっさりと答える。当然のことを訊《き》くなと言いたげな声音に、綾芽は過去の祭礼での、鮎名の厳然としたふるまいを思い出した。

火を噴いた山神をなだめるために、鮎名は幾人もの官人に死を命じた。それだけが、麓《ふもと》を焼き尽くさんとする山を鎮める唯一の道であり、わずかな犠牲で多くの者が助かるとわかっていたからだ。

本来の鮎名は、情の深い女人だ。しかしその人の心を押さえこみ、振り回されず、躊躇《ちゅうちょ》なく死を命じられるからこそ、妃宮として斎庭の頂点に君臨している。斎庭の女たちもそんな鮎名の重圧を知っているから、みなで支え助けているのだ。

「迷いなく死をお与えになると。そうでございましょう。神招きは戦《いくさ》に同じ。たかが兵ひとりの命にこだわってはすべてを失うのですから、犠牲も厭わないのは当然です」

羅覇はほっそりとした手を重ね、薄く微笑んだ。

「実は、玉盤神が滅国を命ずるのも、まったく同じ理屈なのですよ」

しん、と沈黙が落ちた。

その場の誰もが、にわかには意味を捉《とら》えられなかったのだ。

国を滅ぼし民を死に追いやる滅国と、民と国を救うための斎庭の犠牲が同じ？

この娘はなにを言っている。完全なる別ものではないか。確かにどちらも人は死ぬが、死の意味は正反対だ。玉盤神はただ殺す。斎庭は、救うために殺さざるをえない。

疑問の渦中に投げだされた人々の間を、羅覇の声だけがとうとうと流れてゆく。その横顔は壮絶に美しい。

「確かに滅国は恐ろしいものです。都は一夜にして灰と化し、国土には病《やまい》がはびこり、穀物は枯れ、水は干上がる。運良く生き残っても、もはやその地では生きていけません。ちりぢりとなって、他国に助けを求めるのが関の山でしょう。統べる者を失った土地には他国が競うように腕を伸ばし、枯れ野は瞬《また》く間に血で染まるでしょう」

そんな滅びを、玉盤神はたった一言で下す。すこしでも理に背《そむ》けば下す。

「これほど恐ろしい仕打ちはございません。だからこそ玉盤神の神威の下《もと》にある廻海《めぐりのうみ》の国々は、心から恐れている。自国だけは、滅びの神命を避けたいと願っている」

当然だ、滅ぼされて喜ぶ国はない。神招きの犠牲に選ばれて喜ぶ者がいないように。

「ですが斎庭でも、みなを救うために犠牲が求められる場面はございましょう？」

羅覇は両手の掌《てのひら》を、ぴったりと重ね合わせた。

「玉盤神が滅国を命ずるのも、同じ理屈なのです。みなを——玉盤神を奉じる廻海の国々を救うために、滅国の命は下される。廻海の国々が他の地域、たとえば西の銀台《ぎんだい》大島の攻勢に負けぬ力を得るためには、どうしても犠牲となる国が必要なのです」

玉盤と銀台。東西に並んだ巨大な大陸は古来より、文化も言葉も大きく異なる。ゆえに激しい勢力争いを繰り広げてきた。羅覇は、兕坂や八杷島、玉央を含む廻海の国々が、そういう他の国々に押しつぶされないために滅国は欠かせないのだと言う。

「たとえば我が国、八杷島が滅国の憂《う》き目に遭《あ》ったとしましょう。確かに王や朝廷は消えるでしょうが、生き延びた者たちは他国に流れ着き、我が国の知恵や文物を伝えます。ちょうどわたくしの祖先が、滅びゆく斗涼から逃げだし、八杷島にたどり着いて祭官となったように」

八杷島が滅びようとも、積み重ねたすべてが失われるわけではない。なくなった国から持ち出された知恵や知識は、他国の知識と混ざり合い、今まで誰もが思いつかなかったものを生む。よどみ、停滞していた国々に新たな風をもたらす。

「人が新しき知恵を作りだすには、まったく異なるものを混じり合わさねばならないと、玉盤神は理解されております。だからこその厳しい法なのです。滅国の理なのです」

玉盤神の理不尽な決め事の数々も、同じ理屈の上にあるという。掟《おきて》に押しつぶされまいと足掻《あが》いて初めて、人々は知恵を得る。前に進んでゆける。

新しきものは、ぶつかり合う場にこそ生じる。切磋琢磨《せっさたくま》した国々は一歩さきへゆく。どこかの国の滅びが、周りの国々すべてを助ける。ひいては廻海の国々が、他の勢力に呑まれず生き残る力を蓄える。

その流れを作りだすことこそが、玉盤神のおわす意味。滅国の意味。

つまり、と羅覇は掌をひらき、天に向けてみせた。

「人々を生かすための犠牲。それが滅国」

斎庭の行いとなにが違いますか？

己が国を守ろうと、誰ぞを犠牲にするのがあなたがた。

廻海の国々を守らんと、ひとつの国を犠牲になさるのが玉盤神。

「あなたがたと玉盤神は同じ。礎《いしずえ》にすべく殺す、滅ぼす。ただ、それだけなのです」

綾芽は知らないうちに、喉《のど》を押さえていた。

斎庭の行いと、玉盤神の命じる滅国に差はない。人を生かすための犠牲であるのは同じ。

ひとりを殺すのと、一国を滅ぼすのと。

本当にそうなのだろうか。同じ所業といえるのか？

助けを求めるように隣を見やると、二藍は瞬《まばた》きもせずに羅覇を見つめていた。わずかに身を乗りだして。

「……馬鹿馬鹿しい」

鮎名が軽蔑も露わに吐き捨てて、綾芽ははっとした。

「我らと玉盤神の行いは、しょせんは変わらぬと？　だから粛々と玉盤神の無理難題を受けいれろと？　滅国を命じられても、祖国の焼け野原にやがて生えるだろう名も知らぬ草花を夢みて喜べと？　そなたは間違っている。我らと玉盤神が同じなものか。そなたには知識があるが、知恵がない。ゆえにこんな簡単なことさえ思い違いをする」

思わぬ刃《やいば》をぶつけられたのか、羅覇の鉄壁の笑みが崩れた。数度目を瞬かせたあと、むっと背を伸ばす。

「人と神のふるまいに違いなどございませぬ。どちらも犠牲をもとに民を導くは同じ」

「おおありだ。人には心がある。玉盤神のように、顔色ひとつ変えずに殺すわけではない。我が身を削るつもりで殺すのだ。その死が道を切り拓《ひら》くと信じるからこそ、どうか死んでくれと命じるのだ」

「心を痛めて死を与えれば、死者が許すとお思いですか？　捨て石にされた者にとっては、命じた者が胸を痛めようが痛めまいが関係ございません」

「だからこそ上に立つ者には、人の心が必要だと言っている。その死を無駄にせぬよう力を尽くすと誓わねば、斃《たお》れた者も報《むく》われぬ。せっかく拓いてもらった道も活かせぬ」

「しかし――」

「そもそも、滅ぼすだけ滅ぼしてあとは人任せの神など必要なのか？　手伝ってもらわずとも、国は勝手に滅びるし、人は自然と交わる、努力する。ならば玉盤神などまったくもって不要。なぜ我々がありがたがる必要がある」

鮎名の声は堂々としていて微塵《みじん》もぶれなかった。斎庭の犠牲と玉盤神の滅国が同じだなんて、はなから信じていないのだ。

そのことに、羅覇はすこし驚いたようだった。

けれどすぐに、底の見えない笑みを取りもどす。

「妃宮さまは思い違いをなされておられる。そもそも玉盤神は人が望んだもの。人の心に左右されない弥栄《いやさか》を求めた人々のために、御身を捧《ささ》げた方々なのです」

「身を捧げた？」

「それにしてもお優しいのですね。まこと、人としてあるべき姿と存じます。しかしながら、もし玉盤の神々がさきほどのお言葉を聞かれたならば、いささか卑小なものの見方だとお思いになるでしょう。ねえ？　春宮殿下」

羅覇はとろけるような声で二藍に尋ねた。

その唐突な問いかけに、みなが密かに二藍の方へ目をやった。御簾の奥で扇を口元にかざした二藍は、身じろぎもしない。

「人の目には、近いところしか見えませぬ。いとも簡単に情に左右されてしまうもの。ですからこのようなことは、玉盤神の、廻海をあまねく見渡す天の目で見ねばなりません。国を統べる者が、国をあまねく見渡す王の目を用いるように」

蜜のごとくに甘やかな視線を、羅覇は二藍へ向けた。

「その天の目にいっとう近いのが春宮殿下、あなたさまです。あなたさまは人ではない。ただびととはものの感じ方がいっさい違う。ご自分でも重々ご承知でしょう？」

二藍が身を強《こわ》ばらせたのが、綾芽にはわかった。

「あなたさまは神気のいと濃き神ゆらぎ。玉盤神の天の目をお持ちになる御方。であられるからこそ、心のあるなしなどに依《よ》らない厳然たる法こそが、廻海に恒久の繁栄をもたらすと理解されたのでは？　廻海の発展に、滅国は必要だと納得されたのでは？」

大きな黒目がちの瞳が、魅入るように二藍を見つめる。

「あなたさまは、お心の底では玉盤神の理に惹かれていらっしゃるのでは？」

誰もが息を詰めて、二藍の答えを待った。

二藍は黙っていた。扇で口元を隠したまま、ただ右から左へと瞳を動かし、人々に視線を巡らす。その目は屛風の裏の綾芽にまで至って、ついと細まった。

「……みな、なんという顔をしている。わたしがどう答えるのか、それほど不安なのか？信頼されていないものだ。落ちこんでしまう」

言葉と裏腹に軽く笑って、二藍は扇を畳んだ。鋭い目を羅覇に向ける。

「羅覇よ、その問いには答えぬ」

「あら、濁されますか？　つまりはこの場では公言になれない考えをお持ちなのですね」

「なんとでも申せばよい。わたしの心のうちなど、わざわざ言葉に出さずともみな知っている。そなたの他はな。ゆえに声高に露わにする必要もないだけだ」

二藍は声を低めた。もうこの話は終わりだと言うように。

それでも羅覇の笑みは崩れなかった。

「あなたさまが本当は、玉盤神の理に酔っておられると知られては困りますものね」

「しつこい。まったくもって違うと言っている」

「ならばわたくしが正しいという証拠を、皆様にご覧にいれてさしあげましょうか？」

待っていたとばかりに羅覇は口の端をつりあげて、小さな包みを取りだした。

見るや二藍の顔色が変わる。締まった喉がごくりと動く。

――いけない。

綾芽はとっさに腰を浮かせた。羅覇をとめねばならない。あの子が手にしているのはきっと神金丹だ。もしみなの前で突きつけられたら二藍は――。

意を決して、屏風の陰から飛びだしかけたときだった。

軒廊《こんろう》を、半ば転げるように女官が走ってくるのが見えた。

まっすぐこちらに向かってきた女官は、正殿を守る女舎人の傍らに膝《ひざ》をつき、息せき切って叫んだ。

「火急の知らせでございます！　妃宮にただちにお取り次ぎを」

「今はできぬ。客人がおわす――」

女舎人が声をひそめて返すよりさきに、鮎名はすくりと立ちあがった。

「失礼する」

羅覇に言い置くと、自ら御簾を出る。とっさに頭をさげた皆々の前を過ぎ、軒廊の端でひれ伏す女官に声をかけた。

「何があった。申せ」

はっと顔をあげた女官は、わなわなと声を震わせた。

「疫病の報でございます！　塞《ふさ》ぎ熱です、すでに笠斗《かさと》の邦《くに》では数千の民が倒れ、数百が死したと！」

――塞ぎ熱だって？

ざわ、とどよめきが走った。たちまち御殿には動揺と恐怖が満ちる。

「なんと」と鮎名も声を失った。羅覇でさえ眉を寄せて、手にした包みをしまいこむ。羅覇にもわかっているのだ。もう、玉盤神について議論している場合ではない。

塞ぎ熱は、廻海の国々では珍しくもない疫病である。数年に一度流行して、大抵の年のものは症状も軽く、人もそうは死なない。

しかし時おり、ひどく重い塞ぎ熱が一気に広がることがある。働き盛りの若者ですら喉が腫《は》れあがり、息が詰まって命を落とす、恐ろしい病だ。

その重い塞ぎ熱が、兜坂の国を襲っているという。

（しかも、笠斗の邦を……）

流行の中心地の名を聞いて、綾芽は蒼白になった。

笠斗は、綾芽の故郷である朱野の西に位置する小邦だ。同じ北の果て同士、なにかと助け合ってきた、双子のような邦である。とても人ごととは思えない。

──すでに数千の民が倒れ、数百が死した。

女官の声が、頭の中をぐるぐると回る。行き場もなく澱んでいく。

笠斗が心配でたまらなかった。そして故郷が案じられて仕方ない。疫病に邦の境はない。そのうち綾芽の故郷にも広がるかもしれない。それどころか疫病には国の境すらない。放っておけば兜坂にとどまらず、海を越えた八杷島さえ被害に見舞われる。

「……饗宴はおひらきにいたしますか？」

尚侍《ないしのかみ》の常子《つねこ》が鮎名に問う。鮎名は、「いや」とはっきりとかぶりを振った。ぐるりと首を回して、羅覇を強く見つめる。

「このようなとき八杷島ではどんな手を打つのか、祭官どのに尋ねてからだ。お教え願えるな、羅覇どの」

当然教えてくれるだろう、そういう口ぶりに、羅覇も背をまっすぐに伸ばして答えた。

「無論でございます、妃宮さま」

第二章

桃危宮《とうきぐう》に死を運ぶ神を招く

匳《くしげ》の山の裾《すそ》から月が姿を現すころ、饗宴《きょうえん》はおひらきとなった。

羅覇《らは》が辞すと、高官たちはそのまま議定《ぎじょう》に移った。一刻も早く、斎庭《ゆにわ》がとるべき方策を決めなくてはならない。

議定のあいだ、綾芽《あやめ》は他の妃付《きさきつ》きの女官と一緒に侍所《さぶらいどころ》で待っていた。二藍《ふたあい》に、侍所にいるよう強く勧《すす》められたので従ったのだ。隣邦《りんぽう》の悲劇に心痛めている綾芽が、生々しい話を耳にせずにすむよう配慮してくれたのだろうか。

ありがたかったが、もう遅くもあった。どこの里が全滅したのか、どれだけ苦しんで人々が倒れていったのか。饗宴で聞いた報告が、綾芽の心を昏《くら》く沈ませていた。

綾芽の生まれ育った里にはかつての女王・朱之宮《あけのみや》の陵《みささぎ》があったから、隣邦である笠斗《かさと》の民もひっきりなしに訪れていた。だからこそ知り合いも、思い出も数えきれないほどある。

豪快に笑って綾芽の頭を撫でてくれた郡領《ぐんりょう》がいた。その男が治める里は全滅したという。

郡領自身も苦しんで世を去った。優しかった笠斗国司《こくし》の妻も危ういそうだ。助かるだろうか。それとも今ごろはもう――。

思いは故郷朱野へも向いた。孤児だった綾芽は、愛情をことさら注がれたわけではない。それでも綾芽を育ててくれたのはあの里の人々だった。

――もし疫病が飛び火して朱野を襲ったら。みなが苦しむようになったら。

とても誰かと話をする気にもなれず、綾芽は侍所の隅にひとり離れて座っていた。屋根と壁があるだけ外よりましだが、めっきり秋めいて肌寒く、開け放した戸の向こうから冷気が忍び寄る。寒さをしのぐように寄せ集まった女官たちの口にのぼるのは、やはり疫病のことだった。

「北で塞《ふさ》ぎ熱がでたんですって。それももう、すごく流行《はや》っているそうよ」

話の中心にいるのは都生まれの女と、津多《つた》の邦《くに》生まれの娘だった。綾芽もさきほどの饗宴で知ったが、十数年前に津多で起こった大流行は、いまだに都で恐怖の記憶として語られているらしい。疫病は津多からあっというまに広がって、都のすぐそこまで迫ったのだ。

津多の娘は「またあんなふうになったらどうしよう」とかわいそうなくらいに怯《おび》えている。涙目の娘を、都生まれの氏女《うじめ》（中級女官）が慰《なぐさ》めた。

「大丈夫、今回の疫がどんなに流行ったって、都は妃宮《きさきみや》がちゃんと守ってくださるから。

他の邦みたいなひどいありさまにはならないわ」

一瞬、綾芽はむっとした。津多の娘が案じているのは、自分の身だけではないだろうに。故郷に残した人々が心配なのだ。都にいる自分だけが守られればよいのではない。

だが氏女に悪気があるわけではないのはわかっていたし、それに綾芽は疑問を覚えた。裾を払って立ちあがり、話の輪に加わる。

「お尋《たず》ねしたいことがあって。疫が出たときって、斎庭はどういう手を打つのですか？」

兜坂国《とさかのくに》は、男と女がそれぞれ政務と祭祀《さいし》を担《にな》っている。政務を司《つかさど》る太政官《だじょうかん》が働く外庭《とつにわ》と、祭祀を司る花将《かしょう》が住まう斎庭。災厄の際も、ふたつの庭がそれぞれ動く。

疫病の蔓延《まんえん》に、太政官らの外庭がなにをしてくれるのかは綾芽も知っていた。毎年のように、太政官符という命令書が綾芽の義父である郡領に届いていたのだ。流行した病《やまい》へ注意を促す文言《もんごん》や、薬の処方、病人に対する税の減免指示などが事細かに載《の》っているものだ。

数ある災害のうちでも、疫病に対する外庭の対処はひときわ速い。病人を救うのに一刻を争うのもあるが、対応が遅れて病が広がれば、都だって安穏としていられないのが大きかった。病には貴賤《きせん》はない。一度疫病が都に入りこみ、大流行になってしまえば、貴族たちばかりか、大君《おおきみ》すら倒れるかもしれない。

しかし綾芽は、斎庭のやり方はいまだに知らなかった。どう対応するのだろう。

「もちろん神に対して祭礼を行うのよ。わたしたちにできるのは祭礼だけだから」

と氏女は教えてくれた。疫病にも神がおわすという。人に災厄をもたらす、荒れ神と呼ばれる類《たぐ》いの神だ。

ということは、と綾芽は納得した。

「他の災厄が起きたときと同じで、疫の神を斎庭に招いて鎮《しず》めるんですね」

災厄の神を斎庭に招き、もてなし、なんとかしてなだめる。すこしでも早く去ってもらおうと働きかける。それがいつもの斎庭のやり方である。今回も、疫神を斎庭に招き入れて、鎮まってもらうための祭礼が執り行われるのか。

だが氏女は、ばつの悪そうな顔をした。

「疫の場合は違うの。疫神は招かない。斎庭の中には絶対に入れない」

「え、でもそれじゃあ祭礼が行えないいんじゃ——」

「あのね、疫病のときに行われるのは、疫神を追い払う祭礼なの。いつもとはまったく逆に、神を都から遠ざけるのよ。来るなと言うの。そうして都だけは守るの」

災厄を振りまく疫神を招きもせず、当然鎮めることもなく、ただ都から締め出すだけ。

不吉な考えが脳裏をよぎり、綾芽は眉をひそめた。

「それじゃあ、疫が出た邦はどうなるのです」

都からはるか離れた地で噴火した山の神も、嵐の神も、斎庭は丁重に呼び寄せて祭礼を執り行ったはずだ。なのに疫神だけは放っておくのか。門を閉めきり、入ってくるなと背を向けるのか。それでは、疫病は猛威をふるい続けるではないか。斎庭に見捨てられ、鄙《ひな》の地の人々は死に続けるではないか。

ますます気まずい顔で、氏女は肩をすくめた。

「仕方ないわ。都に疫神を招くわけにはいかないのだもの。だから地方の邦は見殺しよ」

「見殺し……」

青い顔で聞いていた津多の邦から来た娘が、色をなして氏女に詰め寄った。

「ひどい！　都以外はどうなってもいいっていうの？　妃宮はそうお考えなの？」

まさか、と氏女はなだめるように両手を動かす。

「今の妃宮も、先代の太妃《たいひ》もそういうお人じゃない。津多のときだって、太妃はたいそうお心を痛めていらっしゃったそうよ。疫神を招いて鎮められないものかと望まれてたけど、外庭の公卿《くぎょう》たちが大反対したの。都に疫を入れるなんてとんでもないって」

「自分の命が大事だから？　貴族のくせに、自分のことしか考えてないのね」

「そうね。でも、わたしには公卿がたのお気持ちがわかる」

「同じ都人《みやこびと》だから？」

「そうじゃない」

と氏女は、憤《いきどお》りをぶつける津多の娘を見つめた。

「どんなに高貴な御方だって人だもの。自分と近しい人々の幸せがなにより大切なのよ。あなたやわたしと同じように」

今にも掴みかからんばかりだった津多の娘は、口ごもり、肩を落とした。

綾芽もなにも言えなかった。

二藍が、なぜ外に出るよう言ったのか悟った。きっと今ごろ二藍たちは、笠斗を見捨てて、都を守る祭礼について話し合っている。それを聞かせたくなかったのだ。


夜も更《ふ》けて、冴《さ》え冴《ざ》えとした月が高く昇ったころ、ようやく二藍は戻ってきた。

牛車《ぎっしゃ》の脇で膝《ひざ》を抱いていた綾芽を見つけて、驚いたように手を伸ばす。冷たい肩に触れて顔を曇らせた。

「なぜこんなところにいる。冷えてしまっているではないか」

「たいしたことない」

綾芽は顔を下に向けたまま立ちあがった。本当は凍《こご》えていたが、二藍は忙しい人だから、なるべく心配させたくない。それに正直に言うと、今はあまり話をしたくなかった。根っからの都人である二藍に、余計なことを口走ってしまうかもしれない。

「走ればすぐにあったまる。牛飼童《うしかいわらわ》を呼んでくるよ。少々お待ちを」

女嬬《にょじゅ》の礼をして駆けだそうとする綾芽を、二藍は衣《ころも》を摑んで引き留めた。

「待て。どうして侍所でなく、こんなところで凍えていた」

二藍の瞳は、心の奥まで見透かすようだ。だから綾芽は目を逸《そ》らした。笠斗や朱野のことをひとり静かに考えたかったからとは言えない。

「……なんとなくだ。月が綺麗だったから」

二藍は小さく息をつく。と思えば、ぐいと牛車の方に綾芽を引き戻した。

「なにするんだ」

「さきに車に乗っていろ。牛飼童はわたしが呼んでくる」

「そんなことできるわけ――」

「梓《あずさ》よ、わたしの命《めい》が聞けぬのか？」

女嬬として仕《つか》えるときの名でぴしゃりと命じられて、綾芽は眉根を寄せた。

「……卑怯《ひきょう》じゃないか？」

「卑怯で結構。早く乗れ」

牛車に乗りこんでも、なお二藍は強引だった。隅で小さくなっていた綾芽を有無を言わさず引き寄せて、背後から腕を回し、冷えきった身体を袖《そで》のうちに包みこむ。

「これですこしはぬくもるだろう」

「いいよ、大丈夫、寒いのは慣れてるんだ」

綾芽は逃れようと、とっさに身じろいだ。けれど節ばった両手で袖口を押さえられ、手の先を閉じこめられてしまった。じわりと温かな熱が伝わってきて、どうしたらよいかわからない。気恥ずかしさと気まずさと、自分への後ろめたさで身動きがとれない。

笠斗を思えば落ちこむばかりなのに、それでも今、わたしは喜んでしまっている。

惨《みじ》めな気分でうつむいていると、二藍は両手にすこし力を入れて、ぽつりと言った。

「笠斗を助けるのが遅れて悪かった」

思わぬ言葉に、綾芽は困惑した。

「なんで謝るんだ。あなたのせいじゃないだろう。誰のせいでもない」

確かに斎庭も外庭も、疫病が広がる前に手を打てなかった。でも誰かの怠慢《たいまん》のせいではない。笠斗は混乱していて、そもそも都に知らせを送るのが遅れてしまった。さらに悪いことに、国司が知らせを持たせた最初の駅使《えきし》が途中で病に倒れたという。それで疫病の報が伝わるのがここまでずれこんだ。不運が重なったのだ。

けれど二藍は、国を治める者としての責任を感じているようだった。

「これ以上は決して笠斗を待たせない。外庭は夜を徹して策を練る。明朝にも勅符《ちょくふ》や官符が発せられるだろう。薬や穀物ができるだけ早く、できるかぎりみなに行き渡るよう手を尽くすと大君も仰《おお》せられている。笠斗を見捨てない。約束する」

懸命に寄り添おうとしている心が伝わってきて、綾芽は都人に恨みを抱きかけていた自分が恥ずかしくなった。都の人々は民を守ろうとしている。なにも宮城の中に閉じこもり、すべてを国司や郡領任せにして、大垣の陰に逃げ隠れているわけではない。

そして、そんな太政官たちが役目を全《まっと》うできるように都を疫神の手から守り、追い払う。それこそが斎庭の役割なのだと綾芽は悟った。やはり斎庭に疫神を招くわけにはいかないのだ。危険は冒《おか》せない。なにもかもは救えない。その上で、誰もが精一杯に努力している。

(だから、仕方ない……)

どうにか心が落ち着いてきた。もう、ちゃんと笑顔を見せられそうだ。綾芽は首をひねって二藍を見あげた。

「それじゃ、斎庭も忙しくなるな。さっき聞いたんだ。都に疫が入ってこないように、祭礼を執り行わなきゃいけないって」

「そのことだが」

二藍はなぜか、思わせぶりに目を細めた。

「……いや、明朝に妃宮にお目にかかるから、一緒に来るといい。もろもろの運びがよければ、妃宮がお前に直接話してくださるだろう」

綾芽は考えこんだ。いったいなにを話してくれるというのか。

とにかく明日になればわかる。息を吐いて、二藍が袖で包んでくれたおかげで温まった手を抜き取り、今度は二藍の甲に自分の掌《てのひら》を重ねた。ああやっぱり。二藍の手だって、こんなに冷たいじゃないか。

「なんだ」

「あなたの手も冷えているなって思って。おかげでわたしは元気になったよ。だから今度はあなたを温めてあげたいんだ」

温《ぬく》もりを分かち合いたい。二藍はひどく疲れている。今日はいろいろあったから。

「別に気にするほどでもない」

とは言うものの、二藍はしたいようにさせてくれた。綾芽は二藍の指先を両手で挟んで、ぎゅっと握る。男の手というのは、どうしてこんなに大きいのだろう。

「それにしても、すっかり飛んでしまったな。羅覇のことは」

ふとつぶやくと、二藍は背後で苦い笑みを浮かべたようだった。

「そうだな。こんな日に、疫の知らせが飛びこんでくるとは思わなかった」

「……さすがの羅覇も、疫には心を痛めているみたいだったな」

玉盤神《ぎょくばんしん》について話す羅覇は空恐ろしかった。無知なる兜坂をあざ笑っているようにも感じられた。でもあの娘は、疫病の知らせには同情していたし、鮎名《あゆな》の要請を受けいれて、八杷島《やはじま》での疫神の扱いを話してくれた。その声には、玉盤神を語っていた際の煽《あお》るような調子はなかった。まったく反対の真摯《しんし》な色を帯びていた。

「あの子も、八杷島の民を守る真面目《まじめ》な祭官なんだな」

それがわかってしまって、綾芽は複雑な気分だった。あのとき悟ったのだ。この娘もわたしたちと同じく、民のために神と対峙《たいじ》してきた娘だ。国と民に責めを負っている。だからこそ不気味で仕方ない。羅覇はきっと、八杷島のためならなんでもする。いくらでも手を汚す。

ふいに脳裏に、羅覇が二藍に向けた甘ったるい声が蘇《よみがえ》った。

――あなたさまは人ではない。ただびととはものの感じ方がいっさい違う。ご自分でも重々ご承知でしょう――。

「……なあ、二藍」

綾芽は尋《たず》ねたかった。神金丹《しんこんたん》を見せられて取り乱した二藍。神ゆらぎだからこそ、玉盤神に心惹《ひ》かれると言いきられていた二藍。

否定するのは簡単だったはずなのに、答えを濁した二藍。

あなたには、神金丹はどんな匂《にお》いに感じられるんだ？　玉盤神をどう思っている？　あなたは天の目とやらを持っているのか？　滅国《めっこく》は致し方ない犠牲だと考えるのか？

滅びをもって人々を導く玉盤神のあり方に、あなたは惹かれてしまうのか？

「どうした？」

呼びかけに返ってきた声はいつもどおりに穏やかで、優しくて――それでいて怯えている気がした。二藍の指先は強《こわ》ばって、今にも離れていってしまいそうに身構えている。

綾芽は、口をついて出かかっていた疑問を呑みこんだ。

「……ううん、なんでもない」

暴いて傷つけたいわけではない。苦しめたくも、悲しませたくもない。

息を大きく吸いこむと、二藍が衣に焚《た》きしめた香が鼻をくすぐる。故郷の森の奥深くに差しこんだ、からりと晴れた秋の匂いがした。

綾芽はただ、伝えたいことだけを言葉に込めた。

「あなたが練る香は、本当によい香りだな。大好きだよ」

ゆっくりと、二藍の手から力が抜けていった。

牛の歩みに合わせて車が軋《きし》む。肩口に、二藍の額《ひたい》がそっと押し当てられる。

ありがとう、と静かな声が落ちた。

早朝、二藍について鮎名の御座所の殿舎に向かっていると、どこからか風に乗って、美しい楽《がく》の音《ね》が漏《も》れ聞こえた。秋めいて乾いた、異国の楽器の音だ。

鮎名かなと思ったら、やっぱりそうだった。琵琶《びわ》にすこし似ているが、もっと胴が丸く、首が細い見知らぬ楽器をつま弾《び》いている。

綾芽と二藍の姿を見るや、鮎名は、つ、と弦の上に手を置いて音をとめた。その所作《しょさ》も実にさまになっていた。

「早かったな」

「忙しくなるでしょうから」

と御簾《みす》の向こうに腰を落ち着けた二藍は、楽器を抱える鮎名に目を細めた。

「昨晩は大君がお渡りでしたか」

「なぜそう思う？」

「阮咸《げんかん》を弾いておられたではないですか。大君が所望《しょもう》されたのでしょう？　あの御方は、あなたの楽の音に耳を傾けられるのがなによりお好きだ」

今は妃宮として斎庭《ゆにわ》を率いる鮎名も、もともとは楽人《がくじん》として斎庭に入った。今も管弦の名手として知られている。

「下世話な推《お》し当てを。わたしがひとりで勝手に手にとっていただけかもしれぬだろう」

「推し当てではありませんよ。御髪《おぐし》に金の鶏《にわとり》が揺れていらっしゃるではないですか」

すまし顔で扇《おうぎ》を広げた二藍の指摘に、鮎名は恥じらいの笑みを浮かべた。

「まったく、気がつかなくてよいところにばかり気づく男だ」

二藍の言うとおり、金の鶏の細工が光る美しい簪子《かんざし》が、鮎名の髪を飾っている。

綾芽は微笑ましい気分になった。金の鶏は大君を示すから、あれはきっと大君が鮎名に贈った、ふたりにとって思い入れの深い特別な品なのだ。普段は威厳ある斎庭の主の鮎名も、大君にだけはどこか初々《ういうい》しい娘のようなところがある。

「まあよい。確かに大君はお渡りだったよ。わかっているなら話が早いな」

楽器を置くと、鮎名はこちらに向き直った。

「件《くだん》の祭礼を、大君はお許しになってくださった。思うように執り行うように、と」

「それはよかった」

二藍は安堵《あんど》の表情を浮かべる。話が見えずに綾芽がふたりを交互に見やっていると、鮎名が笑った。

「実はな綾芽。わたしはこたび、疫を追い払って都を守る祭礼ではなく、別の祭礼を行うつもりだ。疫神を斎庭に招き入れ、鎮めてみようと思っている」

綾芽は何度も目を瞬《しばたた》かせた。

疫神を、斎庭に招き入れる？

「本当ですか！　それはよかった……いえでも……よいのですか？」

嬉しくて飛びあがりそうになったものの、ちょっと待てと心のどこかが引き留める。斎庭は疫神を招かない。そこには動かせない理由があったはずだ。

戸惑っている綾芽を見て、鮎名はおかしそうな顔をした。

「もちろん都を危険に陥《おとし》れないようには気をつける。だが暴れる疫神を招きもせず、都だけを守るなんて間違っていると、わたしは常々思ってきた。だからこたびは誰がなんと言おうと、笠斗のために疫神を斎庭に呼ぶ。そう決めたのだ」

綾芽は今度こそ頰《ほお》を紅潮させた。鮎名は本当の本当に笠斗を救うつもりなのか。

「あ、ありがとうございます！」

泣きたいくらいに嬉しかった。仕方ないとどれだけ我が身に言い聞かそうと、昨夜はうまく眠れなかった。斎庭が見捨てるなら、斎庭の一員である綾芽が見捨てたも同じ。苦しんで死んでいく人々を、犠牲やむなしと切り捨てたということ。

――よかった。わたしは笠斗に、朱野に、故郷の人々に背を向けなくていいのだ。

鮎名はにこにことした。「これでお前も綾芽に嫌われずにすむな」などと二藍をからかって、「冗談にもなりません」としかめ面《つら》で返されている。

「……でも実際のところ、暴れる疫神を無事に招けるものなのでしょうか」

安堵のあとに疑問が湧きあがって、綾芽は尋ねた。

疫神は神招きの場に、人を喰らう疫鬼《えきき》を引き連れて現れると聞く。もし笠斗にいる疫の神を斎庭に入れたら、ついてきた疫鬼たちは斎庭の人々を狙うだろう。笠斗に蔓延している塞ぎ熱は毒の強い病だから、眷属《けんぞく》たる疫鬼の力も強大だ。襲われたらひとたまりもない。笠斗を救うどころではなくなってしまう。

と、鮎名は不思議なことを言った。

「さすがに斎庭を疫鬼の巣にはできないから、笠斗で猛威を振るう塞ぎ熱の神自体を招くわけにはいかないな」

どういう意味だろう。笠斗の疫神でなければなにを呼ぶというのだろうか。首をひねっていると、二藍が言葉を添えた。

「妃宮は、今笠斗を苦しめている神の兄弟神を招こうとされているのだ、綾芽」

「神に兄弟がいるものなのですか？」

ますます綾芽の困惑は深まった。兜坂に古来よりおわす神は、群れず集《つど》わず、互いを気にも留めない。兄弟がいる神など聞いたこともない。

「それが、疫神には兄弟がおわすのだ。この塞ぎ熱も、九兄弟だと知られている」

二藍は言った。疫病は目に見えない小さな虫のようだから、よく似た虫同士がいるように、疫病にも似かよったものがある。それが兄弟だとされているのだ。塞ぎ熱という病にも、毒の強さや流行り方が異なる九つの型がある。たとえば、大いに流行るが誰もが軽い症状ですむもの、かかった者はほとんど死ぬが、あまり蔓延せずに収まるもの、喉だけでなく目が痛くなるもの、喉はそれほど悪くならないが、腹を壊して衰弱するもの。

それぞれを率いる神がいて、あわせて塞熱九神《さいねつきゅうしん》と呼ばれていた。

「こたび猛威を振るっているのは、塞熱九神のうちの三番目——俗に三兄神《さんけいしん》と称される神だ。強い毒を持ち、よく広がる、もっとも厄介な塞ぎ熱を率いている。ゆえに直接斎庭に入れるわけにもいかない。都に三兄神の塞ぎ熱がはびこれば大惨事だ」

「だから笠斗にいる三兄神の代わりに、もっと毒の弱い兄弟の疫神を呼ぶのですね」

「そのとおり。兄弟神を斎庭に招き入れられれば、斎庭を危機に陥らせずに三兄神に働きかけられる」

他の兄弟へ向けられた祭礼は、三兄神そのものを招き鎮めたときよりはさすがに効果は薄いものの、それでも三兄神は勢いを削《そ》がれる。笠斗への大きな助けになるだろう。

なるほど、笠斗を見捨てるわけでも、斎庭や都を危険に巻きこむわけでもない、うまい落としどころだ。綾芽が感心していると、まあ、と鮎名が苦笑まじりに言った。

「これから訪れる男が、ややこしいことを申して反対しなければの話だがな」

誰が来るのだろうと考えているうちに、訪《おとな》いの先触れがあった。やってきたのは、綾芽が予想だにしなかった男だった。

「お久しゅうございますな、妃宮。本日もまこと麗《うるわ》しくあられる。常々の我が娘への御厚情、痛み入ります」

朗々と挨拶《あいさつ》を交わしたのは、太政官の長・左大臣《さだいじん》であった。立派な身体を揺らす、五十《いそじ》の坂を登ってなお生気溢《あふ》れる男である。

「左大臣殿もお元気そうでなによりです」

と鮎名はにこやかに微笑みを返す。外向きの笑みが珍しい。

斎庭《ゆにわ》では圧倒的な存在である鮎名も、外庭《とつにわ》――こと左大臣とは複雑な力関係にある。ふたりは太政官と神祇官《じんぎかん》の首座同士で、二官並び立つ兜坂の国ではほぼ対等といっていい。官位も同じ。しかし鮎名は大君の一の妃でもあり、一方の左大臣は、継嗣《けいし》の君である二の宮の外祖父である。

大君には、名代《みょうだい》として神を招く妻妾《さいしょう》の他に、子をなすための純然たる妻妾がいる。左大臣は、そのひとりである清子《きよこ》の父だった。清子の産んだ二の宮は、二藍が退《しりぞ》いたあとに春宮《はるのみや》の位《くらい》を継ぐと決まっている。

鮎名は丁寧《ていねい》な挨拶を続けた。

「お疲れのところ、足を運んでいただき恐悦《きょうえつ》です。ここ桃危宮からも、外庭の空が一晩中明るく見えました。煌々《こうこう》と火をお焚きになり、政務に励まれたご様子」

「ええ、昨夜はてんやわんやでございましたよ。みな寝ておりません。ですがご安心を。すでに勅符や太政官符を携え、飛駅使《ひえきし》が次々と発《た》ちました。すぐにも近邦《きんぽう》の薬庫がひらかれて、笠斗にゆきわたるでしょう。兎《と》にも角《かく》にも、我らのなすべき役儀は滞《とどこお》りなく進んでおります。あとは斎庭の皆様に、常のとおりに四方固めの祭礼を行っていただければ」

左大臣は、張りのある豊かな頬を揺らした。四方固めの祭礼は、普段疫病が出たときに斎庭が執り行うものである。病が都に入ってこないようにする、固めの祭り。

鮎名はすぐに答えなかった。ふくふくとした左大臣の瞳に鋭い光が灯《とも》る。

「まさかと思いますが妃宮、とんでもないことをお考えではあるまいな」

鮎名は返事の代わりに笑みを消す。左大臣は眉をひそめた。

「……疫神を斎庭に招き入れるおつもりか？」

「ええ、そのつもりです」

鮎名はうなずいた。そうして理路整然と、さきほど綾芽に語った方策を口にした。

「ほう。兄弟神を招こうと考えておいでですか」

鮎名の反応からすでにさきを予想していたのか、左大臣はそうは驚かなかった。鮎名は言葉を重ねる。

「この祭礼ならば、都をいたずらに危険にさらしはいたしません。むしろ毒の弱い兄弟神をさきんじて都に入れてしまえば、安泰《あんたい》とも言えましょう。なぜならば――」

「ひとつの兄弟の神威が広がったところに、他の兄弟は容易《たやす》くは入りこめない。万が一、笠斗を侵《おか》している三兄神の勢いが都に迫っても、別の兄弟神がおられる間は、都は守られているに同じ」

祭祀が生業《なりわい》ではないにも拘《かかわ》らず的確な洞察を披露《ひろう》する左大臣に、鮎名は目をみはった。隠れて見ていた綾芽も、この狸《たぬき》のごとき男の切れに驚いた。さすがは太政官の長。なにも家格だけでのぼりつめたわけではないのだ。

「なるほど、なるほど」

鷹揚《おうよう》にうなずいていた左大臣は、つと指のさきを合わせた。

「いくつか質問いたしてもよろしいか？」

「もちろんです」と鮎名は言うものの、俄然《がぜん》警戒の目を向ける。御簾のうちの二藍も、硬い面持ちを崩さない。

「ではまずひとつめ。このことは当然ながら、大君がお許しになっておられるのですね？昨夜遅く、お渡りがあったようでしたが」

ぶしつけな問いにも、鮎名はにこりと受け答えてみせた。

「ええ。わたくしから伏してお願い申しあげました。都の民を危うき目に遭《あ》わせないのであれば許すとお言葉をいただいております」

「それではふたつめ。少々わたくしには解《げ》せぬのです。まずは確認いたしたいのですが、祭礼を行うと、兄弟神のうちの一柱《ひとはしら》が現れる。そう仰せでしたな？」

「そう申しあげました」

鮎名の声に、緊張の色が滲《にじ》んだ。

「つまりは兄弟の誰が訪れるかは、そのときまで不明であると考えてよろしいか？」

二藍が身じろいだので、痛いところを突かれているのだと綾芽は悟った。

実は鮎名が行おうとしているのは、塞熱九神すべてへ呼びかける祭礼だ。呼びかけに応じて兄弟神の一柱が招かれるものの、それがどの神なのかは来るまでわからない。こちらで神を選べない。

鮎名は息を深く吸い、吐きだした。

「仰《おっしゃ》るとおりです。いずれの兄弟がいらっしゃるかは、我々には知り得ませぬ」

「一番近くにいる神が来るというものでもない？」

「神にとっては、人の感じる遠い近いなど些細《ささい》なこと」

「であれば望まぬ兄弟が——たとえば笠斗に遊ぶ神自体がきたる場合もあるのですな」

どの神が訪れるのかわからないならば、当然招かざる三兄神がやってくる可能性もある。そんな羽目に陥《おちい》ったらどうするのだと、左大臣は非難している。

「確かに考えられますが——」

「いやはや、あなたさまは本当に身勝手な御方だ」

左大臣はこれみよがしに大きく息を吐きだして、鮎名を見やった。

「かねてよりの懸念《けねん》を、よい機会だから申しあげておきます。あなたさまは、大君の御厚情に甘えておられるのではあるまいか？　良かれと思って祭礼を行うのかもしれませんが、あなたさまの失敗は、すなわち大君の瑕疵《かし》となりうるのですよ。どれだけあの御方が、あなたさまを庇《かば》われようとお心をくだいていらっしゃるか、よくよく自覚されるべきだ」

身を抉《えぐ》るような指摘に、鮎名は口ごもった。鮎名も、自分の失敗が大君の足を引っ張ると重々承知しているから、なにも言い返せない。

と、「口を慎《つつし》め」と二藍が春宮《はるのみや》として厳しく割って入った。

「そなたこそ考えが甘いのではないか。斎庭において、妃宮の意とはすなわち大君の意である。我が意でもある。身勝手などという暴言、御前で許されるものではない」

お前こそ斎庭の足を引っ張るなと釘を刺す二藍の声を、しかし左大臣は意にも介さなかった。「なんと」と大げさに胸に手を当てる。

「今のお言葉はつまり、こたびの祭礼が万が一失敗に終わったときは、春宮御自《おんみずか》らが責めを負ってくださると受けとってよろしいか」

「無論」

と間髪《かんはつ》をいれずに二藍は冷ややかに告げた。

「間違いが生じた際は畏《おそ》れ多くも大君と妃宮に代わり、すべての責めを受けよう」

左大臣は口元に笑みを浮かべた。瞳は鋭い。

「間違いなくお言葉をいただきました。で、あれば妃宮」

と鮎名に再び目を向ける。

「残るわたくしの問いはひとつでございます。もしこの祭礼で、歓迎できない神が——たとえば笠斗で暴れる三兄神が現れたならば、あなたさまはいかにされますか」

鮎名は、ぐ、と口を引き結んでから、艶《あで》やかなかんばせに笑みをのぼせた。

「ご心配なきよう。招かざる疫神が現れたとしても、決して都に放ちはいたしません。秘策がありますゆえに」

「……どのような秘策かは、わたくしめには教えていただけないと」

「大君にはお伝えしてあります。お許しもいただいております」

「そうですか。ならばわたくしに申すべきことはもはやありませぬ。ただし妃宮、さきほども申しあげたとおり、あなたさまが万が一ことをし損ずれば、すなわち大君の御威光が損《そこ》なわれることはゆめゆめお忘れなきよう。昨今、国は荒れております。九重山《ここのえやま》は火を噴き、旱害《かんがい》に見舞われ、こたびは疫まで襲い来る。畏れながら、玉盤大島ではこのように言われるそうです。国に災厄の立て続くは、王の不徳のいたすところである――」

「我が君に徳が足りないゆえに、災厄が続くと申されるか？　貴殿は、我が君を愚弄《ぐろう》するおつもりか？」

鮎名は怒りの形相《ぎょうそう》で言い放った。まさか、と左大臣はあくまで穏やかだ。

「わたしは忠実なる臣でございます。ただもし疫が都に広がるようなことがあれば、民の間にそのような声が生まれないとも限りません。ただでさえ斎庭には変事が多い」

ちらと二藍の方を見やる。

「ゆえに案じているのです。どうかどうか、大君を煩《わずら》わされませぬよう、祭礼が滞りなく、つつがなくすみますよう、お祈り申しております」

ことさら慇懃《いんぎん》に、左大臣は頭をさげた。


「なんだあの狸は。ふざけたことを」

左大臣がさがったとたん、鮎名は怒りをぶちまけた。

「王の不徳が災厄を呼ぶ？　そんなわけがあるか。災厄は、勝手にあちらから来るものだ。起こってしまった不幸をいかに小さく収めるのか、それこそが王の、外庭の、斎庭の腕の見せどころではないのか」

相当腹に据えかねているらしく、右へ左へと歩き回っている。二藍が、まあまあ、となだめにかかった。

「お気になさりますな。左大臣も、本当に王の徳と災いに因果があると信じているわけがありません。神とは、人ごときの徳のあるなしが左右できるものではないのですから」

「どうだか。あの男、いっさいなにもわかっていないのかもしれぬ」

「左大臣はただ、あなたに翻意《ほんい》を促せないと悟って、嫌がらせをしたに過ぎませんよ。まあ、わたしが気に入らないのもあるでしょうが」

鮎名は立ちどまった。思い出したように二藍に目を向け眉をひそめる。

「考えてみれば、お前もお前だ。左大臣に、やすやすと言質《げんち》をとらせていただろう」

「あの程度、別に構いませんよ」

「よくない。外庭はお前を引きずりおろしたくて仕方ないんだ。ああいうときはおとなしくしていろ」

「お断りいたします。おとなしくしてもせずとも、あちらがわたしを追いやりたいのは同じ。ならば憎まれ役くらい引き受けます」

「……だそうだ。この馬鹿をどうする、綾芽」

鮎名は呆《あき》れ顔で綾芽に同意を求めた。馬鹿と言われて、二藍はむっと目を細めている。

綾芽は困ってしまった。二藍が鮎名を庇ったのは、鮎名にだってわかっているはずだ。それでもこうやって苦言を呈するのは、二藍を案じているからだ。ただでさえ、神ゆらぎは危険だから離宮《りきゅう》に閉じこめてしまえと訴える貴族もすくなくない。二藍が責任をとる事態になったら、非難の声はいっそう強まる。

そもそも、二藍にはすこし危ういところがある。

綾芽と生きる未来を心から望んでいる。だが大義のために犠牲になれと言われれば、あっさりと応じる。多くの人々を救う大義であれば尚更に。

そういう男なのだ。民の生き死にを背負うさだめの王族だからこそ、身に刻まれた考え方なのだろうか。それとも、生まれながらのなんらかの気質がそうさせているのか。

複雑な気分でいる綾芽の肩に、「大丈夫だ」と二藍は笑って手を置いた。

「万が一春宮でなくなっても、わたしに居場所がなくなるわけではない。ただ斎庭の神祇官に戻るだけだ。すくなくとも大君が鶏冠宮《けいかんぐう》にいらっしゃるあいだは」

「……だったらいいんだけど」

「心配させて悪かったな」

ふたりきりのときのような優しい声に、綾芽は頰を緩《ゆる》めた。それから鮎名の前だと思い出して、羞恥《しゆうち》で赤くなった。気まずそうな綾芽を見やる鮎名の瞳は穏やかだった。

そのうち二藍が、鮎名を鋭く見あげた。

「……そういえば妃宮、わたしもひとつお尋ねしたい」

「なんだ？」

「もし招かざる疫神が訪れたとしても、秘策があるから問題ないと仰っていましたね？どんな策をお考えなのです」

「それは言えないな」

と鮎名は落ち着き払って微笑んだ。二藍の表情はますます曇る。

「なぜです。わたしにも言えないような策なのですか？　……まさか御身《おんみ》を危険にさらす真似をなさるつもりではありますまいな」

「だったらどうする?」

　鮎名の声はあくまで軽い。

「全力でお止めしますよ」

「己《おのれ》を軽んじてばかりのお前に説教されたくはない」

「わたしは真剣に案じているのです!」

　声を荒らげた二藍を、鮎名は御簾越しに見おろした。ふいに表情を和《やわ》らげる。

「昔のお前なら、そうは言ってくれなかったな。『国を救うためなら仕方ありませんね』と淡々と申すところだった」

　そうして、虚を衝かれた様子の二藍をおかしそうに笑った。

「怖い顔をしなくてもいい。大君にはすべてお話ししてあるし、お許しも得ている」

「……命を懸《か》けられるわけではないのですね?」

「当然だ。考えてもみろ。あの大君が、わたしの命を危険にさらす祭礼をお許しになるか? 自分で言ってはなんだが、あの御方はわたしに心底惚《ほ》れていらっしゃる」

　珍しく堂々と惚気《のろけ》た鮎名を前に、二藍はなにを言っていいものかわからなくなったようだった。やがて「そう言われれば、そうですね」と咳払《せきばら》いする。

「あの御方があなたを手放すわけがない。あれだけご寵愛を注がれているのだから」

苦い顔をしている。いろいろ、兄王のふるまいを思い出しているらしい。

綾芽も思わず苦笑してしまった。確かに大君は鮎名を死なせないだろう。妃宮としての鮎名を信頼しているのはもちろん、鮎名という女を心から愛している。ごく内輪の気安い席でそれを隠そうともしない大君を、綾芽ですら何度も見てきたのだ。

「そろそろ大君も、あけすけに仲睦《むつ》まじいさまを見せつけるのは控えていただきたいものです。いかに兄弟といえども、目のやり場に困ります」

やれやれと零《こぼ》れた二藍の声に、「まったくだな」と鮎名は笑いころげた。

「本当に、お前たちはよく似た兄弟であらせられるよ」

「……どういう意味です」

二藍は気まずい顔をする。鮎名は、目尻に浮かんだ笑い涙を拭《ぬぐ》うばかりだった。

塞熱九神を呼ぶ祭礼の準備はすぐに始まって、斎庭はにわかに慌《あわ》ただしくなった。疫病は刻々《こっこく》と広がっていく。一刻を争う事態だから、ほとんどの花将や女官が用意に駆りだされた。斎庭の中央を貫《つらぬ》く広大な賢木大路《さかきおおじ》には、小走りに行きかう女、外庭から加勢に来た官人、荷を積んだ驢馬《ろば》や車がごった返す。

祭礼の当日になると、せわしなさはますます増した。女官らは、朝からせっせと門や戸口に笹を縄で括《くく》って飾りつけ、軒にはショウブの葉を滝のようにぶらさげた。疫神や眷属が、官衙《かんが》や宮殿に入りこまないようにするまじないだ。万が一のときに疫鬼の目を逸《そ》らすよう、五色《ごしき》の米を詰めこんだ藁《わら》人形も、戸口にいくつも並べられていく。

それを横目に、綾芽は足早に鮎名の御所・桃危宮《とうきぐう》の南門をくぐった。

ごった返している門の脇をすりぬけて、桃危宮の東を占める桜池へ歩を進める。先日と同じく穏やかな池のほとりには、しだれ桜が涼しげにそよいでいた。綾芽はその緑の枝のうち、とくに葉のつきがよいものをいくつか切った。両腕いっぱいに抱えると、くるりと桃危宮の南門へとってかえす。

南門は、斎庭の主たる妃宮に相応《ふさわ》しい朱色の楼門で、本日の祭礼の舞台だった。

門の左右には、五色の旗や尾長鳥《おながどり》の尾を模した幟《のぼり》が整然と風になびいている。中央には一段高く祭壇が設けられ、飾り弓矢や飾り鉾《ぼこ》も立てかけられて、それぞれに笹の枝が添えられていた。

祭壇中央の八足の几《つくえ》には鹿皮と猪皮が敷かれ、その上には高坏《たかつき》に盛られた五色の米、黄蘗《おうばく》や茜《あかね》、百合根《ゆりね》といった薬草、青海鳥《あおみどり》の角や羽と、各種の幣束《へいそく》が並んで壮観だ。

祭壇の周囲は、着飾った桃危宮付きの女舎人《おんなとねり》がものものしく守り固めている。綾芽は枝を抱えたまま舎人たちに歩み寄り、ぺこりと頭をさげた。

「二藍さまの女孺《にょじゅ》、梓と申します。二藍さまに申しつけられた品を持参いたしました。どうぞお通しくださいませ」

許しを得て、綾芽は祭壇にのぼった。几に置かれた瓶子にしだれ桜の枝を生ける。どうも桜の花と疫病には、切っても切れない関係があるらしい。

と、

「あら、梓じゃない！」

ちょうど声がした。忙しく行きかう流れの中で、空の折敷《おしき》を重ね持った小柄な娘が綾芽に向かって手を振っている。親しく付き合っている須佐《すさ》だ。神や妻妾のための食事を作る場所・膳司《かしわでのつかさ》で働いている娘である。

綾芽は残りの枝を手早く生けて、笑みを浮かべて駆け寄った。

「お疲れさま。いったいどうしたんだ、膳司は引っ越しでもするのか？」

膳司の女官たちは、朝からひっきりなしに唐櫃《からびつ》や煮炊きに使う壺を桃危宮に運びこんでいて、綾芽はわけが気になっていた。

そうなのよ、と重ねた折敷が崩れないように左右に揺れながら、須佐は肩をすくめる。

「なんでも妃宮が、桃危宮で神饌《しんせん》を全部用意できるようにしておかれたいのですって」

神饌は普通、斎庭の一角にある膳司の官衙で調理されて、盛りつけだけが各宮殿で行われる。だが鮎名は今回、すべての調理が桃危宮の中で賄《まかな》えるようにと命じたそうだ。

「それで朝からずーっとひたすら、甕《かめ》やら壺やらを運んでるわけ。いやになっちゃう」

と文句を垂れつつも、須佐は心が躍《おど》っているのを隠せていなかった。いつもと違う仕事ができて楽しいのだろう。須佐らしいなと綾芽が笑っていると、

「ねえあなた、この櫃はどこに持っていけばいいのかな」

大きな唐櫃を抱えた美しい女舎人が、ひょいと須佐を背後から覗《のぞ》きこんだ。げ、と顔をしかめた須佐をよそに、綾芽に気づいた女舎人は目を輝かせる。

「あれ、梓じゃないか」

「千古《ちこ》さま！　お久しぶりですね」

綾芽も笑みを返した。

千古は綾芽の弓の師匠である。武芸の妙手で美人だが、巷《ちまた》では相当の変人だと噂《うわさ》されている。綾芽自身は、千古のすがすがしさを好ましく思っていた。

にしても、他の女舎人はひとりのこらず斎庭各所の警備に駆りだされているようなのに、千古はなぜ膳司の荷物運びに精を出しているのだろう。

首をかしげていると、千古が笑って教えてくれた。

「いざ疫神がやってきたら、桃危宮でもてなすだろう？　もてなしには膳司でつくる神饌が欠かせない。それでわたしが、膳司の女官たちを疫鬼から守るよう仰せつかってね」

「なるほど、荷物運びがお役目ではないのですね」

綾芽は安堵した。千古は正直すぎるからこそ誤解されやすい。閑職《かんしょく》に追いやられていたらどうしようかと心配してしまった。

「当たり前だろう？　今はちょっと暇《ひま》だから、手伝ってるだけだよ」

「わたくしどもにお構いにならず、お休みになってくださいませと申しましたのに」

須佐が気まずそうに声をかけると、千古はからからと笑った。

「ただ、わたしがやりたいからやってるだけだよ。鍛錬にもなるしね」

じゃあまたね、とさっぱりと告げて去っていく。後ろ姿が消えてから、須佐はこそこそと綾芽の耳元でささやいた。

「あんたが言うとおり、あのひとってそこまで悪い女じゃないわね。うんと変だけど」

「だろう？」

そう、千古は本当はいい女なのだ。そしてそれを素直に認められる須佐も。

忍び笑っているうちに、刻を告げる鉦鼓《しょうこ》が打たれる。あ、と綾芽は顔をあげた。

「ごめん、わたしもう行かなきゃ。上つ御方に呼ばれてるんだった、忘れてた」

慌てて表着《うわぎ》の皺《しわ》を伸ばしにかかると、須佐は呆れたように笑って肩をすくめた。

「あんたも忙しそうね。ま、暇があったら、わたしが桃危宮にいるうちに遊びに来て」

「ありがと、そうする」

またね、と須佐と別れる。それから急いで桃危宮の西、鮎名の執務殿である双嘴殿《そうしでん》に走った。鮎名から、祭礼の前にすこしばかり会おうと言われていたのだ。


すわ遅刻かと焦《あせ》ったが、双嘴殿には別の客人がいた。女が三人集まって話をしているようだ。漏れ聞こえた声に、はたとして綾芽は几帳《きちょう》の陰で立ちどまった。

「――わかりましたわ。安心してお任せなさい、鮎名。ですけどわたくし、本当は嫌ですからね。あなたを想われて嘆《なげ》かれるあの御方のおそばに侍《はべ》るなんて、とてもじゃないけど勘弁ですわ。ねえ常子《つねこ》」

「わたしには、そこはなんとも申せませんが。とにかく鮎名、こちらは心配しないで、自分の役目に集中して。きっと生きて戻れると信じているわ」

ひとりは鮎名。もうふたりはどうも、二の妃である高子《たかこ》と、斎庭の女官の長である尚侍《ないしのかみ》の常子《つねこ》らしかった。

激励するようなふたりの声に、ありがとう、と鮎名は柔らかに返した。

「頑張るよ。まあ何事もなく終わるとは思うけど、もしものときは、頼んだから」

任せなさい、と口々に常子と高子は強くうなずいている。

綾芽は後ずさった。『もしものとき』とはなんだ。鮎名は信を置くふたりに、あとを託したようではないか？

「あら、わたくしどものかわいい義妹御《いもうとご》が、盗み聞きを働いておりますわね」

いつの間に高子が外へ出てきていた。びくりと顔をあげて言い訳しようとした綾芽を、高子は手をひらひらと振って遮《さえぎ》って、御簾のうちへと促した。

「あの子も忙しいのです。煩《わずら》わさないように、早くお入りになるとよろしいわ、綾《あや》の君《きみ》」

続いて現れた常子と入れ替わりに、綾芽は御簾をくぐった。

中では神招きのための立派な装束《しょうぞく》をまとった鮎名が、困惑の笑みを浮かべていた。

「しまった。もしかして今の話を聞いていたか？　二藍には言わないでくれ。頼むよ」

綾芽の胸にまた、不吉がきざした。やはり鮎名は今、万が一のときの話をしていたのだ。強い毒を持った疫神が現れたら用いるという秘策を、高子や常子に託していたに違いない。

鮎名は、二藍には命は賭《と》さないと答えていたが、本当なのだろうか？

御簾の外を眺めながら、鮎名は頭に笄子《かんざし》を挿《さ》そうとしている。金の鶏。大君が鮎名に贈った品だ。

綾芽は迷ったが、そうっと口をひらいた。

「あの、妃宮」

「どうした？」

「二藍さまは落ちこんでおられました。いえ、なにも仰《おつしや》りませんでしたが、落ちこんでおられるのがわかりました」

鮎名は、常子や高子に打ち明けた万が一の秘策を、二藍には告げなかった。陰に日向《ひなた》に鮎名を支えてきたからこそ、二藍は蚊帳《かや》の外に置かれて落胆した。信頼してくれないのかと。

鮎名は髪に挿しこんだ笄子から手を放すと、穏やかな調子でかぶりを振った。

「わたしに信用されていないと思ったのだろうな。だが違う、逆だよ。わたしは二藍を信じているからこそ言わないんだ」

衣を引いて振り返り、かしこまっていた綾芽の隣にやってくる。内緒話をするように肩を寄せて、一緒に腰をおろすと、おもむろに、穏やかに口をひらいた。

「わたしはね、ずっと二藍が苦手だったよ」

え、と思わず息を詰めた綾芽に、鮎名はふふと笑ってみせた。妃宮ではなく、素の鮎名の笑顔。

「そう、ずっとだ。斎庭に入ったばかりで、まだ美豆良《みずら》を結った童子を二藍さまと呼んでいたころも、妃宮に取り立てられたあとも。お前は、自分が斎庭に来た日にあった祭礼を覚えているか？」

「……大噴火を起こした山の神、九重媛《ここのえひめ》を鎮めるための祭礼ですね」

「あのときわたしは、二藍とは絶対にわかり合えないと思ったんだ」

あの日火を噴いた神は、鮎名が送りこんだ者の胸を次々と矛《ほこ》で貫いていた。向かえば必ず殺される。それでも鮎名は神を鎮めるために、みなに死ねと命じ続けた。

「わたしはもう嫌になっていた。幾人も命を失った。わたしが殺したようなものだ。それでつい、弱音というか愚痴を二藍にこぼしたわけだ。まあ、寄り添ってほしかったんだな。でも二藍はこう言った」

扇をひらき、なんということはないと言わんばかりの口調で返した。

――仕方ないでしょう。今のところ、うまくいっているではないですか。

「まったく正論だよ。そのとおり、致し方ないし、祭礼としては上出来だった。噴火を鎮められれば、多くの人々が救われるとわかっていた。でもわたしは、この男はやっぱり人ではないんだと思った。神に片足を突っこんだ、人ならざる生き物なんだと。もちろん二藍にも人の心があるとは知っていたよ。二藍は二藍で悩んでいたとも」

ただ、その心は次第に薄れていく。この男は、いつかは本当に神のようになる。正しさのためならば、冷静に、心を動かさずに死を命じるようになる。

「怖かった。二藍は心術で人を操れるけれど、でも心術そのものより、心のありようが末恐ろしかった。こんな男を大君のおそばに置いていいのかと、真剣に悩んだ日もあった。……意味はわかるだろう?」

綾芽はうつむいてしまった。鮎名は、二藍を殺すべきなのか迷ったと言っているのだ。

鮎名は笑って綾芽の背を撫でた。

「昔の話だよ。今の二藍がわたしは好きだ。義弟《おとうと》として心から愛《いと》しく想っている。あの男は踏みとどまれる。引き留めてくれる娘がそばにいるおかげでな。だから――」

柔らかな瞳が静かに細まる。

「だからもう、心配していない」

その声があまりに遠くに聞こえて、綾芽は言葉に詰まった。

「……妃宮、どうか」

泣きたかった。なぜ鮎名が今、こんな話をしているのかわかっている。なにか言わなければ。どうにか引き留めなければ、翻意《ほんい》させなければ。

ああでも、そうしたら、笠斗のみなはどうなるのだろう。

「どうか……」

「綾芽、言っておくがわたしは死ぬわけではないよ」

鮎名はもう一度綾芽の背を撫でると、おかしそうに笑って立ちあがった。

「今の話も別に、死ぬ前に伝えなければというわけじゃない。よい機会だから話しておこうと思っただけだ。これから行う祭礼は、それほど危険でもないんだ。他国の例を見ても、大概《たいがい》やってくるのは足が速く毒の弱い六弟神《ろくていしん》か七弟神《しちていしん》だ。三兄神《さんけいしん》は百に一度も来ない」

だから、早く笠斗を楽にしてやらないとな。

綾芽の肩を軽く叩いて、鮎名は御簾の外に目を向ける。穏やかな日差しに目をつむる。

「さて」と瞼《まぶた》をひらいたときにはもう、妃宮としての顔をしていた。

「いざ祭礼に参ろう。お前は二藍のそばに侍《はべ》って、よく助けよ」


いよいよ祭礼が始まる前に、綾芽と二藍は春宮の御所である尾長宮《びちょうぐう》に戻った。

戻らされた、という方が正しいかもしれない。尾長宮を囲む朱色の塀も、綾芽たちが籠《こ》もった南の対《たい》も、笹と縄の疫除《えきよ》け飾りがびっしりと覆《おお》っている。

「閉じこめられたようで気分が悪い」

「仕方ありません。疫神から御身をお守りしなければ」

形代《かたしろ》の藁人形が並んだ御簾のうちで、苛立《いらだ》ったように外を見つめている二藍に、綾芽は女嬬としてささやいた。南の対には人がひしめいているから、話をするにも気を遣《つか》う。疫から身を守るため、尾長宮で働く者がみなここに集められているのだ。

今は尾長宮だけでなく、各所の官衙が同じようなありさまだった。祭礼に際して、鮎名はほんの少数の女官だけを桃危宮に留め置き、他は退避させた。万が一力の強い疫神が来庭したとき、被害を抑えるためである。

避難をしたのは外庭《とつにわ》の貴族も同様だった。継嗣《けいし》である二の宮は、その母の清子や外祖父の左大臣と都を離れた。多くの貴族も続いたという。しかし大君だけは、都の一角にある異母弟の治部卿宮《じぶきょうのみや》・有常《ありつね》の屋敷に遷幸《せんこう》しただけで、いまだ都のうちに踏みとどまっている。

「左大臣はご一緒するよう大君に奏上したが、否《いな》と仰せになったのだ」

「大君は、妃宮を案じていらっしゃるのでしょう」

疫神と対峙《たいじ》する妻をおいて、自分だけが都を離れるわけにはいかないと。

「大君らしくもない。信じておられるならばこそ、さっさと都を出られればよいのだ。なにを弱気に囚《とら》われておられる」

二藍は気を張り詰めている。綾芽がさきほど尾長宮付き女官の佐智《さち》に聞いたところによると、朝からずっとこんな調子らしい。

――もしかして二藍は、鮎名の秘策に見当がついているのだろうか。

だからこんなにも心配しているのではないか。

綾芽は座りなおして、二藍の前に広げられた巻子《かんす》に目を落とした。

人の姿が描かれている。男が九人、装束はさまざまだ。兜坂の装束も、玉央《ぎょくおう》の装束もある。鉄を溶かし固める鍛戸《しょくにん》のように、ほとんど裸に近い者や、手足のさきまで豪奢《ごうしゃ》な布にぴったりと包まれている者。一様に目鼻がなく、顔が光り輝いている。

書司《ふみのつかさ》に属する絵師が描いた、塞熱九神《さいねつきゅうしん》の絵姿だという。それぞれの神は、疫病が初めて広がった国の装束を着ているそうだ。すべての塞ぎ熱の祖である一兄神《いっけいしん》は、裸に近い格好で筋骨隆々《りゅうりゅう》とした男。暑いところで流行ったのだ。二兄神《にけいしん》は一転小男で、毛皮をまとっている。

今、笠斗に死を振りまいている三兄神は、兜坂の装束にやや似た、足元まであるたっぷりとした衣に身を包んでいた。どこかで見たなと首を捻《ひね》って、綾芽は思い出した。

（十櫛《とくし》さまだ）

八杷島の王子にして、幼少のころから人質として兜坂に住まう十櫛。その祖国の装束だ。

ということは、三兄神は八杷島に縁《ゆかり》ある神なのか。

二藍に尋ねようと口をひらきかけたときだった。

どこからか風が吹きこんだ。蔀戸《しとみど》も妻戸《つまど》もすべてがおろされているのに、はっきりと肌に流れを感じる。

秋の風ではない。ぬるい、澱《よど》んだ風。気だるい春の風。

祭礼が始まったのだと、綾芽はすぐに気がついた。鮎名が桃危宮《とうきぐう》の門前で、神を呼ぶ祭文をあげた。それに応《こた》えて神が降り立った。鮎名の前に、その姿を現した。

いったいどの兄弟が？

みなが息をひそめる。南の対は、水を打ったように静まりかえる。

突然、短く激しい揺れが尾長宮を突きあげた。

わずかに遅れて、ドン、と耳の奥を押しつぶすような音が来る。

南の対は悲鳴に満ちた。地震か？　いや違う。今の揺れは確かに——。

（……桃危宮の方からだった）

鮎名が神を招いた場所からだった。

青ざめたとき、やにわに二藍が立ちあがった。御簾を押しやるようにあげ、笹が描かれた几帳や壁代《かべしろ》を振りはらい、東廂《ひがしひさし》の固く閉じられた蔀戸をひらきにかかる。

綾芽は、そばに控えていた佐智とふたりがかりで引き留めようとしたができなかった。

二藍は衝き動かされるように蔀戸を跳ねあげ、簀子縁から東の空を仰いだ。

瞬《また》く間に、二藍の目は裂けんばかりに見開かれた。一歩、二歩と前に出て、ひたと動きをとめる。

「どうなさった――」

追いかけて外に出た綾芽も、引きつるように息を吸った。

東の空が黒い。夜闇に墨をぶちまけたよりも黒かった。

東以外は、雲一つないすがすがしい秋空が広がっている。その青を切り裂くように、ちょうど桃危宮の上空が、桃危宮だけが、すっぽりと暗闇に包まれている。

「なんだあれは……」

後ずさった綾芽の横で、ふいに二藍が身を翻して、南の対を去ろうとした。

とっさに佐智が前に立ちはだかる。

「待て、どこへ行くんだい」

「桃危宮だ」

二藍は佐智の手を振りはらった。そうして踏みだそうとして、ぐ、と口を結んだ。

いつの間にか、詰めていた女舎人がみな立ちあがっている。二藍が南の対を出ていこうとしたら、無理矢理にでも押さえこむつもりだ。

「わたしをゆかせぬ気か」

二藍の刺すような視線からすこしも逃げず、佐智は言葉を改めはっきりと言った。

「お堪《こら》えなさいませ。春宮を桃危宮に近づけぬようにとの、妃宮のご下命です」

「……なるほど。妃宮のご下命とな」

二藍は佐智を睨《ね》めつける。

「ではお前は知っていたのだな。妃宮があのような忌《い》まわしい手に打って出ると知っていて、黙っていた。わたしに仕える者でありながら」

二藍の怒りは相当で、綾芽の背は寒くなった。黒に覆われた桃危宮。二藍には、あれがなんだかわかっている。なにが起こったのか悟っている。だからこそ激昂《げっこう》している。

いったいあの黒い柱はなんなのだ。祭礼に関係があるのか？　あれの下にいるはずの鮎名は、今どうしている？

身を寄せ合ってことの成り行きを見守っていた女官らの背後から、落ち着いた声がした。

「どうか、佐智をお責めになりませんように」

みなが振り返る。左右に分かれた女官の間を確かな足取りで進んできたのは、女官の長、尚侍《ないしのかみ》の常子だった。

「佐智は、二藍さまを尾長宮に留め置けという命《めい》に忠実に従ったまででございます。妃宮があのような手をお考えとは、今までつゆとも知らずにおりました」

「だがお前は知っていたな」

二藍は怒りの形相で常子に詰め寄った。「妃宮が桃危宮を封じてことを収めるつもりだと聞いていた。そうだろう？」

常子の表情は動かなかった。問い詰められると最初から覚悟していたのだ。

「待ってください。いったいなにがあったのです」

黙って睨《にら》み合いを続ける二人の間で、綾芽は恐る恐る口をひらいた。

「あの黒いものはなんなのです。斎庭を訪れたのは、どの兄弟だったのですか？」

鮎名が言っていた秘策の正体があの黒い柱なのだろうか。とすれば、鮎名が祭礼で呼び寄せたのは招かざる疫神だったのか。秘策に頼らざるをえなくなってしまったのか？

「……招きに応じたのは、あろうことか三兄神だったのですよ、梓」

常子の声は、わずかに震えていた。常子ほどの人が声を震わせている。

「知ってのとおり、笠斗で猛威を振るっている塞ぎ熱そのものです。妃宮は三兄神と眷属が斎庭や都を襲わないよう、御自らとともに桃危宮を封じられました」

「……それがあの黒い柱なのですか？」

「ええ」

常子は言葉すくなで、状況は判然としない。だが綾芽は悟った。これは最悪の事態なのだ。鮎名は賭けに負けた。はずれをひいた。害のすくない疫神ではなく、災いをふりまく疫神が降り立った。

だから鮎名は、疫神が都に病を広げる前に手を打った。

おそらく、自らの命を賭した手を。

「なにがあったか、詳しくご説明いたします、二藍さま」

常子は二藍に顔を向けると、しっかりとした調子を取りもどして語りはじめた。

鮎名が祭文をあげおえたときだったという。

人っ子ひとりいない賢木大路の中ほどで陽炎《かげろう》が揺らぎ、見る見るうちに紙に墨をぽたりと落としたように濃くなって、人のごとき形をとった。

誰もが顔を青くした。ゆったりとした衣をひきずる影は、明らかに三兄神だ。九神のうちでもっとも恐ろしい、忌むべき疫神。次々に人を殺しゆく塞ぎ熱。

「どうしましょう、鮎名」と常子はつい取り乱した。

しかし隣に立った鮎名は、動揺の色も見せなかった。常子の背に手を添えると、いつもどおりの妃宮としての、威厳をたたえた口調で言った。

「ある意味、これでよかったのだ。あれこそ笠斗をなぶる神そのもの。鎮めれば、兄弟神を招きもてなすよりもはるかに効き目があろう。笠斗の疫も、きっと収まる」

「でもあなたは……あなたはどうなるのです」

「無論、さきに話した手を使う。わたしは玉壇院《ぎょくだんいん》にゆく。お前は三兄神が桃危宮に入ったらすぐに門を閉じよ。そして約束どおり、その足で尾長宮に向かってほしい。おそらく我らが春宮は、ひどくお怒りになるだろうからな」

鮎名は軽く笑った。足早に祭壇をおりていこうとして、つと立ちどまる。頭に挿していた金の笄子《かんざし》を抜いて常子にさしだした。

「これを二藍に預ける。大君にお返しするよう言ってくれ」

頼んだよ――。

常子は一度言葉を切って、身じろぎもせずに聞いていた二藍を見つめた。

「妃宮は使命を果たされた。都を守ろうと、三兄神ごと桃危宮を封じられた。今このときも笠斗のため、閉じた桃危宮のうちで三兄神の祭礼を執り行うおつもりです」

懐《ふところ》から紫の絹につつまれた笄子を取りだす。金の鶏が揺れるそれは、大君が贈り、鮎名が照れたように身につけていたものだった。

「二藍さまの手で、大君へお返し願いたいとのお言づてでございます。どうかお収めくださいませ」

常子がさしだした笄子を、二藍は受けとろうとしなかった。視線すら注がない。

「二藍さま。どうか」

「これが最善、などと申すつもりではなかろうな」

二藍の声には怒りが燃えていた。口をひらこうとした常子を遮り、たたみかける。

「お前は妃宮を、むざむざと死地へ向かわせたのか。斎庭の尚侍として、妃宮を支える者でありながら」

「致し方ございません」と返す常子の声にも憤りが滲む。

「大君御自らが、桃危宮を封じることをお許しになったのです。わたくしごときに、なんの口が挟《さしはさ》めましょうか」

大君が認めたと聞いて、二藍の目は痛みを感じたように細まった。

「……まことであろうな。御名を騙《かた》っての嘘は許されぬぞ」

常子は黙って頭《こうべ》を垂れる。嘘などつくわけがないというように。

二藍は、常子がさしだしている笄子にようやく目を落とした。紫の絹のうちで、金の鶏はふわりと柔らかな輝きを放っている。

ぞんざいにも思える仕草で笄子を取り、二藍は踵《きびす》を返した。

「御許《おもと》へ参上する。斎庭は尚侍と高子妃がよきにはからえ。尾長宮は佐智に任せる」

佐智と常子は深く頭を垂れた。

第三章

金銀の鶏は封じられた夢を待つ

疫除《えきよ》けの笹は、牛車《ぎっしゃ》をも厳重に囲っていた。車の中にもつんとくる薬草の匂《にお》いが満ちていて、二藍《ふたあい》に付き従った綾芽《あやめ》はむせ返りそうだったが、二藍は心ここにあらずだった。重苦しいほどに黙りこんでいる。

賢木大路《さかきおおじ》に出たところで、二藍は一度車をとめるように命じた。そこでようやく、正面から桃危宮《とうきぐう》の様子がはっきりと窺《うかが》えた。

ますます異様な光景だった。

桃危宮の周囲はもともと、背の高い築地塀《ついじべい》がぐるりと取り囲んでいる。天まで続く闇の壁は、その築地塀をまっすぐ伸ばしたようだった。本来ならば塀の向こうに拝殿の屋根と木々の梢《こずえ》があるはずだが、今はなにひとつ見えない。黒に阻《はば》まれている。

あまりに黒いので、綾芽はだんだん自分がなにを見ているのかわからなくなってきた。心を吸われていくような気がする。ただ黒い。黒だけだ。なにものでもない黒。

「……あの黒いのは、目を向けても大丈夫なものなのか？」

怖くなって尋《たず》ねると、問題ない、と二藍はつぶやいた。

「そもそもなにも見ていないのだから、いいも悪いもない」

「なにも見ていない？」

「あれは無だ。光の一筋も通さない、無の在処《ありか》だ。こちらとあちらを隔《へだ》てるための、どこにも属さぬ壁なのだ」

桃危宮のこちら側とあちら側は、あの壁を境に隔たれているのだという。こちら側からあちらは窺えない。逆も然《しか》り。声も届かないし、矢を射込むこともできない。

桃危宮には今、なにものも、光さえも出入りが叶《かな》わない。

鮎名《あゆな》が桃危宮を疫神ごと封じたという意味が、綾芽にもようやく理解できた。鮎名はあの壁の向こうから疫鬼が出てこられないようにしたのだ。都に悪さをしないように。

でもどうやって？　あれは結局、なんなのだ？

とまっていた車が動きだす。二藍は桃危宮を覆《おお》う黒からやっと目を逸《そ》らして言った。

「妃宮《きさきみや》は、夢現神《むげんしん》なる神を招いて、桃危宮を封じた」

「夢現神？」

「その名のとおり、現《うつつ》にて夢を現す神だ。お前にとって夢とは、寝ているときに見るものなのだろう？」

「……そうだけど、あなたは違うのか？」

綾芽は、二藍が変な言い方をしたのが気になった。

「だが、この神の見せる夢は異なる。幻といった方が正しいかもしれない」

二藍は、綾芽の質問には答えず続ける。

「あの壁の内側は、いまや夢現神が作った『夢のうち』と呼ばれる場所に変じている。『夢のうち』では、誰もが生身のまま、目を覚ましたまま、夢の只中《ただなか》に放りこまれる」

しかも、と二藍は閉じた扇《おうぎ》に目を落とした。

「その夢は、祭主がいつか迎える末期《まつご》の光景そのものだ。それもきまって、もっともむごく、つらい死の」

『夢のうち』となった場所は、夢現神を招いた祭主が直面するであろう死にまつわる未来の様子に変わる。火事で死ぬなら火につつまれる。殺されたなら血にまみれる。

眉を寄せた綾芽に、二藍は淡々と、とある王の逸話《いつわ》を語ってくれた。

昔、玉盤《ぎょくばん》大島の西の果て、亜汀良《あてら》という小国に強欲な王がいた。民から厳しく税を取り立て、貴族の妻を思いのままに召しあげて、好き勝手に暮らしていたが、あるとき怖くなった。王には将軍を務める弟がいた。しかも王と同じくらい欲深く、野心を抱いた弟だ。

生かしていれば、いつかわたしを討つやもしれぬ。

「それで王は、王の間なる場所に夢現神を招いたのだ」

夢現神は、祭主に己《おのれ》の最悪の死に際《ぎわ》を見せると聞く。ならば、と王は思った。玉座《ぎょくざ》のある王の間に夢現神を呼べば、自分が死ぬときの玉座の様子を確認できるのではないか。もし玉座に自分の紋がなければ、叛逆を企《くわだ》てた弟が王位を奪ったのだろう。夢から覚めたら弟を討てばよし。逆に紋が掲《かか》げられたままならば、死ぬときまで自分が王であったのだから、他国に睨《にら》みをきかせる将軍は必要なかったのだ。やはり安心して弟を追い落とせばよし。

そうして王は夢現神を招き、王の間は封じられて『夢のうち』となった。

『夢のうち』では現実と夢が重なり合う。気づけば王は、未来の王の間に立っていた。あたりは薄暗く、様子ははっきりとは窺えない。だが用があるのは玉座だけだ。王は脇目も振らずに駆け寄った。そして安堵《あんど》した。自分の紋が、玉座の真上に高々と掲げられている。本来ならば隣にあるはずの弟の紋はなくなっている。

なるほど、弟はわたしよりもさきに死んだのだな、と王はほくそ笑んだ。

わたしに討たれたか、戦死か。どちらにしても、弟は玉座を奪えなかったのだ——。

笑みを広げて振り向いた王は、そこで初めて、周りの異様な様子に気がついた。

血なまぐさい。扉の前には、おびただしい血が流れて池と化している。その中央に、ぼろぼろの布の塊《かたまり》のような男がこちらに背を向け、横向きにうずくまっている。

背が奇妙に思えるほどに丸まっているせいで顔や髪の様子が知れないものの、見覚えのある背格好に、王から血の気が引いた。

見てはならないと思うのに、近づかずにはいられなかった。王は息を呑み、死んだ男の正面にまわりこむ。そっと覗《のぞ》きこんで、悲鳴をあげて尻餅《しりもち》をついた。わなわなと後ずさる。意味をなさない声が口から溢《あふ》れ、震える両手は血にまみれた。

「……王は何を見たんだ？」

綾芽が小声で尋ねると、二藍は瞼《まぶた》を伏せた。

「首のない己の死体だ。首があったはずのところには、玉央《ぎょくおう》の旗がこれみよがしに刺さっていた。玉央に攻めこまれ、首を刎《は》ねられたのだな。将軍たる弟を失ったせいで為《な》す術《すべ》もなかったのだろう。王が弟に手を下したのかは知らぬが、どちらにせよ滑稽《こっけい》なことだ」

綾芽は想像して、つい腕をさすった。そんな光景を突然目にした恐怖はいかほどか。

「……夢現神は命だけじゃなくて、大切なもの全部を失う最期を見せてくるのだな」

亜汀良の王が見たのは、国を蹂躙《じゅうりん》され、すべてをなくした死にざまだった。亡国の王の死体は辱《はずかし》められ、民は塗炭《とたん》の苦しみに落とされる。王としての最悪の死。

「……妃宮はご無事だろうか」

綾芽は、『夢のうち』にいるという鮎名が心配でたまらなくなった。

鮎名が見る最悪の未来は、どんなものだろう。国や斎庭《ゆにわ》を失う未来だろうか。想像がつかない。あの鮎名がしくじりを犯すとは思えない。

でも何千何万ものありえる未来の中には、きっと目を覆いたくなるものもあるのだろう。避けられない災害に見舞われ、他国の軍勢に襲われ、為す術もなく、絶望の涙とともに死を迎えねばならないときがないともいえない。

そんな悪夢に放りこまれて、鮎名は今、どれほど辛《つら》いだろう。

しかも鮎名は悪夢に囚《とら》われてさえ、笠斗《かさと》のために疫病の神をもてなし、鎮《しず》めようとしているのだ。

綾芽は、たまらず両手を握りしめた。

「どうにか『夢のうち』に入る方法はないのか？　妃宮は、きっと心細く思われているに違いない。支えてさしあげたいんだ。疫鬼に喰われないようにお守りする者が必要だし、わたしの物申《ものもうし》の力なら――」

「王の逸話にはまださきがある。最後まで聞け」

そっけなく、強引に、二藍は声を被《かぶ》せた。

「己《おのれ》の死を目《ま》の当たりにした亜汀良の王は狂乱に陥《おちい》った」

こんなところに一瞬たりとも留まってはいられない。一刻も早く、『夢のうち』を抜けださなければ。王は震える手足を叱咤《しった》して、一目散《いちもくさん》に王の間の扉へ駆け寄った。

今『夢のうち』に変じているのは王の間だけだ。扉から一歩外に出れば、いつもどおりの現実が待っている。夢は消える。悪夢から覚める。なにもなかったことになる。

よくわかった。我欲を貫《つらぬ》けばこんな最期《さいご》が待つというなら、民の税をすこしは免じてやろう。貴族の妻を思うままに召しあげるのもやめて、国の力を高めよう。だからはやく出してくれ。夢から覚めてくれ。どうか。

死にものぐるいで扉を押しやる。一刻も、一刻でも早く。

だが、扉はびくともしなかった。押そうと引こうと、剣を突きたてようと。

綾芽はごくりと息を呑んだ。

「……まさか、出られないのか？」

二藍は綾芽に視線をひたと向けて、ゆっくりとうなずいた。

「亜汀良の王は知らなかったのだ。この悪夢が終わるのは、夢現神を招いた祭主が命を落としたときなのだと」

つまり『夢のうち』から、祭主たる王自身は決して生きては逃れられないのだと。

やがて王も、その恐ろしい仕組みに気がついた。夢現神を呼んだ自分は、もう夢から覚めることは叶《かな》わない。悪夢に囚われたまま命を落とすしかない。

どうやっても抜けだせない。

「……それで本当に、王は『夢のうち』から出られずに死んでしまったのか？」

恐る恐る問えば、二藍はあっさりと返した。

「無論。絶望した王は、扉に自ら頭を打ちつけたそうだ」

（それじゃあ、妃宮も――）

綾芽は暗に示された残酷な事実に呆然としたが、あえて目を逸《そ》らして別のことを尋ねた。

「待ってくれ、変じゃないか。王が死んだのに、なぜ夢の内容が今に伝わっているんだ。王がなにを目の当たりにしたのかなんて、誰も知らないはずだろう？」

「実は『夢のうち』には、他にも人がいた。玉座の陰に潜《ひそ》んだ弟がすべて見ていたのだ」

弟将軍は、傲慢《ごうまん》な兄王が怪《あや》しげな祭礼を執り行うと聞き、こっそりと王の間に忍びこんでいたのだという。将軍は祭祀《さいし》には疎《うと》かったが、うまく難癖《なんくせ》をつければ玉座を奪うきっかけにもなると考えたのだ。

しかし兄王が呼んだのは夢現神。そして垣間《かいま》見《み》たのは目を覆《おお》うような未来。

弟将軍にとっても、国が滅びる行く末は衝撃以外の何物でもなかった。眼前の光景におののき、なにが起こっているかも理解できないうちに、すべては終わっていた。兄王は死に、夢は消え、弟将軍だけが生きてこちらの世に戻った。

目にしたものがなんだったかを知ったのは、駆けつけた家臣に聞いてようやくだった。

「ひとり悪夢から帰った弟将軍は変わった。かつての強欲も傲慢もなりをひそめ、王としての責めを自らに厳しく課した。おかげでその治世の間は、亜汀良に騒乱が起きることはついぞなかったそうだ」

「ひどい悪夢も、弟将軍が立派な王になるには役に立ったのか。なんというか皮肉だな」

「皮肉ではない」

と二藍はかぶりを振った。

「夢現神はそもそも、最悪の行く末を王に示して警告を与える神なのだ。普通は臣下の者が祭主となり、王を『夢のうち』につれていって、失政の顚末《てんまつ》を知らしめる。これはどんな諫言《かんげん》よりも覿面《てきめん》に効く」

「ただの悪趣味な神ではないということか？　悪夢を見せるにも理由がある。苦しめるのも人のためというわけか」

なんだか嫌な予感を綾芽は抱いた。そう、と二藍の声は沈む。

「夢現神は人を導き、さきへ進ませる神なのだ」

その昏い目を見て綾芽は悟った。

「この神も、玉盤神の一柱《ひとはしら》なのだな」

厳しい試練にもがかせて、運命に打ち勝つ力を手に入れさせる。さきに向かわせる。饗《きょう》宴《えん》の席で羅覇《らは》が語ったように、それが玉盤神と呼ばれる神々の本質ならば、まさに夢現神は玉盤神らしい玉盤神だ。

「夢現神は、兜坂《とさか》では一度も招いたことのない玉盤神だった。幸い、悪夢をもって諫言せねばならぬような暗君はいなかったからな」

その神を鮎名は利用した。警告を与える神としての側面はどうでもよかった。鮎名が必要としたのは、『夢のうち』に入った者を閉じこめる性質だけ。

桃危宮に疫神を呼び寄せた上で夢現神を招けば、祭主である鮎名とともに、疫神も『夢のうち』に封じられる。そうすれば都は守られ、祭礼の時間も稼《かせ》げる――。

「二柱の神を一度に招くのはひどく難しいというのに。まこと、たいした御方だ」

二藍の声に賞賛の色はなかった。むしろ責めている。なぜそんな祭礼をしたのだと、この場にいない鮎名をなじっている。

もう目を背《そむ》けているわけにはいかなかった。尋ねたくない。でも訊《き》かねばならない。祭主は決して夢から抜けられない。夢現神が帰るのは、祭主が死したとき。

「……これから妃宮はどうなるんだ」

あまりにあっけなく、二藍は答えた。

「当然、死ぬまで桃危宮に閉じこめられたままだ。助けられない」

「そんな、でも」

「三兄神《さんけいしん》を都に放つわけにはいかなかったのだ、致し方ない。あの方の命と引き換えに、多くの者が救われた。ゆえにこれが最善の策だ。そう思わねば、誰も報《むく》われない」

二藍の声は突き放すようだ。でも綾芽は諦《あきら》めきれなかった。本当に最善なのだろうか？

二藍だって、自分の言葉にまるで納得できていない顔をしているではないか。

「なんとか、妃宮をお助けする手はないのか？」

「ない」と二藍は言い捨てた。

「我らができるのは、ただ待ち、疫鬼に備えるだけだ。妃宮が亜汀良の王のごとく、為す術もなく身罷《みまか》られるとは思わぬ。必ずや三兄神を鎮めようと、最期まで祭礼を続けられるに違いない。だが今の桃危宮は、疫鬼が徘徊《はいかい》する危険な場所だ。万が一、三兄神と眷属《けんぞく》の疫鬼が去るまえに妃宮がお亡くなりになり、桃危宮の封が解かれてしまったら、斎庭に疫鬼が溢れる」

「そんな話を聞きたいんじゃないよ。わたしは妃宮をお救いしたいんだ」

「方法などないと言っているだろう」

「なにも、ひとつも？　相手は玉盤神だろう？　わたしの物中の力を使ったら――」

「妃宮を失った今、お前まで失えというのか？」

強い調子で遮《さえぎ》られて、綾芽はもう言葉を継げなかった。二藍の瞳には憤《いきどお》りと悲しみが滲《にじ》んでいる。

二藍は深く息を吸って吐き、疲れたように額《ひたい》に手を当てた。

「お前は、妃宮が己の身を犠牲にされるおつもりだと知っていたのか？」

綾芽は一瞬言いよどんだ。鮎名は、最後に綾芽に言葉を残してくれた。でも二藍には、ずっとそばで支えていた義弟《おとうと》には、いっさいなにも告げずに去ったのだ。

「……はっきりとは知らなかったよ。わたしは今の今まで夢現神のことも、妃宮がなにをなされるおつもりかも、ひとつもわかっていなかったんだ」

もし鮎名の命と引き換えだと悟っていたならば、いかに笠斗の惨禍《さんか》に心を痛めていたとしてもやめてくれと引き留めただろう。別の策をとってほしいと懇願《こんがん》しただろう。

そう口に出してから、綾芽は自分が過《あやま》ちを犯したと悟った。『はっきりとは知らなかった』だなんて、すこしは聞いていたと言ったようなものだ。今の答えは二藍を傷つけた。

二藍の声はますます沈んだ。

「……あの方は、わたしにはなにひとつ教えてくださらなかった。信頼いただけてはいなかったのだな」

「そうじゃない！」

と綾芽は跳ねるように二藍に身を寄せた。

信頼していないわけはない。鮎名はちゃんと言っていた。

「妃宮は、あなたに話したら絶対に反対すると思われていたんだ。だから仰《おつしや》らなかった。あなたは春宮《はるのみや》で、大君《おおきみ》の弟君だろう？　誰より大君に近しいひとだ。そんなあなたが大君に直々《じきじき》にとめるべきだと奏上《そうじよう》したらどうなる。きっと大君のお心も揺らいでしまう」

だから黙っていた。常子《つねこ》も高子《たかこ》も、本心ではとめたかっただろう。だが大君が許したと聞けば、もうなにも言えない。

二藍は違う。いつでも大君に会って、翻意《ほんい》させるために言葉を重ねられる。それではいけなかった。みなが苦しむだけだと鮎名にはわかっていた。大君も、鮎名自身も、苦渋《くじゆう》の決断だったのだ。

だから鮎名は黙っていた。決して二藍を信頼していなかったわけではない。

「むしろ妃宮は、あなたを信じていらした。あなたはもう犠牲を冷ややかに受けいれる人ではない。必ず心を痛めるだろうって。それが嬉しいって」

だから心配ないと、唇をほころばせていた。

ちくりと刺されたように、二藍の目が細まった。

「……どうだか」

額に当てていた手を、両目の上へ滑らせる。

そのまま牛車がとまるまで、口をひらこうとはしなかった。


都の一角、治部卿宮《じぶきょうのみや》の有常《ありつね》の屋敷で、二藍は大君に目通りした。

庭に控えていた綾芽には、母屋《もや》の奥、それも御簾《みす》のうちに座している大君の表情ははっきりとは窺えなかったが、それでも大君があからさまに嘆《なげ》いてはいないとわかった。この屋敷からも桃危宮の異変は察せられただろうから、二藍が訪れる前から覚悟していたのかもしれない。

それとも――大君という立場にある人は、最愛の妻にして信を置く臣である女を失ったときでさえ、冷静でいられるものなのだろうか？

「なぜ妃宮に、あのような祭礼をお許しになった？」

御簾が足らないから、二藍は自ら布を取りだし自分の両眼に巻いた。それから大君に問いかけた。両眼が塞《ふさ》がっているから、表情はよくわからない。だが二藍の心に憤りが渦巻いているのは、その場の誰にも感じられた。

「妃宮を犠牲にされるとは、正直に申して信じられませぬ」

「ならばお前は、笠斗を見捨てるべきだったと申すのか？」

大君は落ち着いていた。冷ややかといってもよいほどだった。

「申せるものなら、高々と口にしてみよ。この御殿の隅々まで聞こえる声でな」

大君の目がいっとき庭に注がれて、綾芽はうつむいた。

各地から大君や二藍を支えるために集《つど》った女官や官人らに向かって、お前たちの故郷を見捨てると言えるものなら言ってみろと大君は煽《あお》っている。二藍にはできないと考えているのか。それとも平然と言ってのけると？

どちらを救うべきだったのかはわからない。綾芽にも、もうわからないのだ。なにを捨てるべきなのか。なにを拾うべきなのか。

「いいえ、笠斗は救わねばなりませんでした」

二藍も冷たい声で返した。

「すくなくとも、救いの手を差し伸べると国中に示さねばなりませんでした。疫は邦《くに》を越えて広がるものです。ゆえに流行《はや》りはじめで叩いておくのが肝要なのが、理由のひとつ」

「もうひとつは？」

「民を安堵《あんど》させねばなりません」

都に見捨てられるわけではない、と。

「さきの流行では、都から疫神を遠ざける固めの祭礼だけを行いましたが、これは悪手でした。都は邦を守らぬと公《おおやけ》に示すこととなり、幾年も各地にて反乱の火種と化してしまった。玉央の影濃き今、あのような事態は避けねばならない。邦々に疑念を植えつけるようではいけない――大君はそうご判断されたのでしょう？」

大君は息をついた。

「よく察しているではないか。ならばなぜ怒る」

「怒ってはおりませぬ。ただあまりにも冷たいご様子ではないですか。大君の御代《みよ》を安きものにするために、妃宮は殉《じゅん》じられたというのに」

「無論ありがたく思っている。それだけでは不満なのか？　泣けというのか？」

「ええ、仰《おお》せのとおりです、兄君。あなたさまが人であるならば泣くべきだ」

言いきった二藍に、ほう、と大君は目をみはった。

「お前に人であれと諫《いさ》められるとは驚いた。誰が死のうと、天秤《てんびん》の重き軽きばかりに気を取られていたお前が、わたしには人らしく振る舞えと？」

これも煽るような言い方だったが、二藍はすこしも動じなかった。

「そのようなお言葉しかいただけないのですか？　それでは妃宮も、いよいよ哀《あわ》れな御方だ。臣として殉じたご自分を後悔されてはおりますまい。しかし、これほどに薄情な男にお心を捧《ささ》げたのは失敗だったと感じられているに違いない。妻妾《さいしょう》にと請《こ》われていなければ、もっと心の優しい男と――」

「わたしを怒らせたいのはわかった。だがそこまでにしておけ」

大君は強く制した。声に怒りが滲んでいる。

「薄情と申すか。わたしが今、どれほど心を引き裂かれているか知らずによく言うものだ。お前にはこの苦しみがわからぬのか？」

二藍は帯で両目を隠したまま、黙っている。

「わたしは王だ。どんなに慈《いつく》しんだものだろうと、必要とあらばさしださねばならない。それを王として悲しむこともない。よくぞ成し遂げたと誇りに思うばかりだ。だがそのときも、わたしの人の心は血を流している。絶えず赤く染まっている」

尖《とが》った声に、綾芽は大君の苦悩を悟った。

そうだった、大君だってなくしてばかりいる。最初に心を寄せた妻は若くして身罷《みまか》り、忘れ形見だったさきの春宮も、恐ろしい陰謀で命を落とした。公私ともに信を置いていた鮎名を失って平気なわけがない。

それでも大君は王であろうとしている。自分の心に引きずられて目を曇らせては、なにも救えない。犠牲になった人々も浮かばれない。

「……伺《うかが》って、安堵いたしました」

二藍は懐《ふところ》から紫の絹の包みを取りだして、静かにさしだした。

「こちらをお収めください。妃宮に、お返しするよう申しつけられたものです」

常子に託され、二藍に預けられた鮎名の笄子《かんざし》が、絹の中で光を放つ。

大君は笄子を見つめた。まるでそこに、柔らかな鮎名の笑みが浮かんでいるかのように。

「返すと申したか」

のろのろと腕を伸ばして手に取る。うつむく大君の眉根がゆがむ。王としての体面が揺らぐ。崩れそうになる。

しかし情が雪崩《なだれ》をうつ前に、大君は顔をあげた。笄子を握りしめて立ちあがり、強く命じた。

「八杷島《やはじま》の祭官、羅覇をここに呼べ」

「……なにを仰せか」

「鮎名を救うための策を羅覇に献じさせる。夢現神は玉盤神の一柱であろう。玉盤神をよく知る羅覇ならば、鮎名を生きて外に出す策を持つかもしれぬ。今すぐここに呼び寄せて、わたしに意見を申させよ」

二藍は言葉を失った。

「お待ちください。あの者を大君の御前に参じさせるわけにはいきませぬ。危険に過ぎます。わたしがまずは話を聞いてまいりますゆえ、しばし堪《こら》えていただけませんか」

「わたしはここに呼べと命じているのだ。一刻を争う今、悠長には待てぬ。羅覇のいる客館に使いをやれ。今すぐだ」

二藍が、黙っていられないとばかりに両目を隠していた帯を取り去った。

「落ち着かれよ。この災禍のときに、羅覇が我らに益ある策を献じるとお思いか？　ここぞとばかりに陥れるに違いない。まかり間違えば、兄君は妃宮の亡骸《なきがら》さえ失われる」

「それを覚悟で言っている。夢現神を、兜坂はこれまで一度も招いたことがない。ゆえに我らは無知なのだ。ならば謀《たばか》られるのを覚悟で羅覇を頼る他なかろう。そうではないのか？　お前に他に手が思いつくのか？　鮎名を救えるのか？」

二藍が口を引き結んだときだった。

場にそぐわぬほど朗《ほが》らかに、若い男の声がした。

「大君に春宮。わたくし有常《ありつね》が、御前にまかりこしてござります」

二藍も大君も、ふいをつかれたように振り返る。簀子縁《すのこえん》でかしこまっているのは、ふたりの異母弟でこの屋敷の主《あるじ》、有常だった。

呼びつけてもいないのに、いったいなにをしに来たのか。大君は訝《いぶか》るように眉を持ちあげたが、羅覇を呼ぶ好機と思いなおしたのか、短く言いつけた。

「有常か。ちょうどよい。今すぐ客館に人をやって羅覇をここに参らせよ」

ところが有常は、にっこりとこう答えた。

「それには及びませぬ、大君」

「なにゆえだ」

「実は呼ぶまでもなく、すでに客館の方から申し出を預かっております。羅覇より大君に奏上いたしたい儀がありますゆえに、どうかお目通りを願うと」

「大君に奏上いたしたい儀？　いったいなんなのだ。今このときである必要があるのか」

二藍が声を低めると、有常の笑みはますます深くなる。

「お喜びになりますように。羅覇はこう申しているそうです。封じられた桃危宮から、妃宮をお救いする手がある、と」

大君と二藍は、よく似た驚きの表情を浮かべた。それから顔を見合わせた。

「――ええ、ひとつ手がございます」

すぐに呼びよせられた羅覇は、御簾を隔てて正対した二藍に繊月《せんげつ》のような微笑を向けた。

「『夢のうち』から妃宮をお救いする方策は、確かにあるのです」

「どのような手なのだ。申してみよ」

半信半疑の眼差《まなざ》しで、二藍は続きを促す。

大君は御簾のさらに奥、帷《とばり》をおろした御帳台《みちょうだい》の中で、じっと耳を傾けている。綾芽も御帳台の傍《かたわ》らに控えて、羅覇の一挙一動に気を配っていた。

「人をやるのです」と羅覇は続けた。

「封じられた『夢のうち』に、人を入れます。その者が妃宮のもとまでたどり着けば、おのずと帰る道はひらかれます」

「『夢のうち』とは行き来ができないのではなかったか。祭主が死して夢現神が去るまでは、中にいる者は決して外に出られぬと聞いたが」

「中から外へは仰せのとおりです。しかし外から中へは、実は朝日がのぼる刹那《せつな》に容易に滑りこめます」

二藍の口の端《は》に力が入った。御帳台のうちで、大君が身じろいだのもわかる。

綾芽も思わず身を乗りだした。誰かが鮎名のもとにたどり着けば、鮎名は助かる。そして中にひとを入れるのは簡単。――ならば。

（妃宮をお救いできるかもしれない）

視界が急にひらけた気がした。諦めなくていいのかもしれない。どちらを捨てるのかという究極の選択は必要ないのかもしれない。

「しかし、そう簡単にはいかぬだろう」

二藍が、ことさらゆっくりと言った。興奮を表に出さないようにしているのだ。

「桃危宮のうちには疫神もおわすから、眷属の疫鬼がいたるところに溢れているだろう。襲われればひとたまりもない。妃宮のもとに至るのは至難の業《わざ》だ」

疫病は人を喰らい、人を巣にして子をなし増える。桃危宮の中にいる疫鬼も、人と見れば襲いかかるだろう。いかに武芸に秀《ひい》でた者でも、疫鬼に囲まれれば多勢に無勢。妃宮のもとにたどり着けない。

「それにもうひとつ、懸念《けねん》がございますわ」

と斎庭から駆けつけた二の妃・高子がなめらかな声で続いた。

「桃危宮は、妃宮の悪夢の場と化しているのでしょう？　であれば、わたくしどもの知っている殿舎の形を保っているとは限りません」

『夢のうち』は、鮎名の身に降りかかる最悪の未来に変じている。荒れ果てた殿舎や官衙《かんが》に疫鬼が徘徊しているような状況もありえるのだ。ますます困難の壁がそびえたつ。

「仰せのとおりでございますね」

と羅覇は眉を寄せてみせた。「無策で人を入れたとしても、妃宮のもとにたどり着くのは難しい……。ですが」

もったいぶって息を吸う。自信に満ちた双眸《そうぼう》をきらめかせた。

「ご案じになりませんように。疫鬼に寄りつかれず、容易《たやす》く妃宮のもとにたどり着くことのできる御方が、おひとりだけおります」

二藍はいっとき考えて、すぐに思いあたったようだった。

「そなたの国の王子、十櫛《とくし》さまか」

「仰せのとおりでございます」

思いも寄らない名が出てきて、綾芽は瞬《まばた》いた。

（……十櫛さまだって？）

八杷島の王子、十櫛。生まれてすぐに兜坂に送られ、兜坂で育った男だ。兜坂では客分として遇しているが、実質は人質に近い。この治部卿有常の屋敷の隅でひっそりと暮らしている。

綾芽も会ったことがある。すっきりとしてこだわらない、春の昼下がりのような気質の男だ。もっとも心には、生まれた国と育った国、どちらにも属しきれないむなしさも潜んでいるようだったが。

とにかくその十櫛ならば、人と見れば襲いかかり、身に巣くって食い荒らし、子孫を増やす疫鬼にも、絶対に襲われないのだという。

「なぜ十櫛さまだけが疫鬼から守られているのですか？」

綾芽は、同じく御簾のうちに控えていた尚 侍《ないしのかみ》の常子《つねこ》にひっそりと尋ねた。

と、「お聞きでないのですか？」と常子は困ったような顔をする。

「笠斗で暴れ、今桃危宮に封じられている三兄神は、かつての八杷島の王族であり――神ゆらぎであった御方なのです」

「……神ゆらぎ？」

神ゆらぎは、神と人の間を揺らぐ者。つまりはもともと人として生きてきた者ではないか。それがどうして疫病を率いる神などに……と考えて、綾芽は答えに思いあたった。

「あの三兄神は、神と人の境を越えて、荒れ神になってしまったお人なのですね」

神ゆらぎは人ならざる力である心術を用いる。しかし使いすぎれば身は神へと傾いて、ついには人の心をなくした荒れ神に姿を変えてしまう。

三兄神が、まさにその神ゆらぎのなれの果てだというのか。人としてのすべてを失って、疫病を率いるものと化してしまったのか。

ええ、と常子は重々しく答えた。

「荒れ神に変じてしまった神ゆらぎは、災厄、とくに疫と結びつきやすいのです。しかも必ず重い疫病を運ぶ神となります。多くの眷属を引き連れて、人や獣に死を振りまく神と化してしまいます」

そこに神ゆらぎ本人の意志はない。人の心を失い、ただ神として疫鬼の大軍をしたがえて、人里を屍《しかばね》の海に変える。そして去り、また現れる。その繰りかえしだ。

「三兄神は、もともと犀果《さいか》さまという神ゆらぎでございました」

御簾の向こうで、羅覇が二藍に語っている。

「七代前の祭王《さいおう》の王太子であらせられたお優しい御方で、国のため、民のため、身を粉にされておりました」

それがあだとなった。心術をひっきりなしに使っていた犀果は、とうとう一線を越えてしまった。神気が身から溢れだし、たちまちのうちに荒れ神に変じ、塞《ふさ》ぎ熱に結びついた。

そして塞熱九神《さいねつきゅうしん》に連なったのだ。どの兄弟神よりも恐ろしい、死を運ぶ神として。

「まことに悲しく、皮肉でございます。誰より民を思うていらっしゃった犀果さまが、民を殺す疫軍を率いる御方になるとは」

羅覇は袖《そで》で目尻を押さえてみせた。犀果の哀れなさだめを嘆いているのか、笑いをこらえているのか。

「十櫛王子が疫鬼を寄せつけないのは、この犀果さまの血を引く御方だからでございます。三兄神の運ぶ塞ぎ熱には、八杷島の王族は決して罹《かか》りませぬ」

犀果は幾度も八杷島を襲ったが、王族に死者はひとりとして出なかった。それどころか発病する者すらいない。

「同じ血が流れるゆえなのか、それともわずかに残った、犀果さまの人としてのお心がそうさせているのか……。もしお心が残っておられるなら、おいたわしいことです。ご自分が人を殺《あや》める様を、永遠にご覧になり続けなければならないのですから」

羅覇は同じく神ゆらぎである二藍の反応を、じっとりと窺っていた。お前にも、よく似た末期《まつご》が待っているとでも言うかのように。

二藍の眉がぴくりと動く。すかさず高子が口を挟んだ。

「ご冗談もほどほどになさいませ。三兄神に心など残っているわけがありませんわ」

いかにも雅《みやび》やかな唇から、はきはきと切って捨てるような言葉が吐きだされる。

「犀果さまは民のために身を捧げられた御方なのでしょう？　そんな御方が、ご自分の血族だけを特別助けるものですか。つまりはただ、血のなせる業。偶然といってもよろしいでしょう。犀果さまはとっくに亡くなったのです。今残っているのは器《うつわ》に過ぎません」

だから、犀果に自身を重ねて胸を痛める必要はないのだ。高子はそう二藍を叱咤しているようだった。

二の妃の活《かつ》が効いたのか、二藍はわずかに表情を緩めた。そして再び、羅覇に鋭い視線を戻した。

「とにかく、十櫛王子が桃危宮に向かってくださると申すのだな。ありがたい申し出だが、十櫛王子ご自身は了承されているのか。いくら疫鬼に襲われぬといえど、『夢のうち』に潜《もぐ》れば、戻ってはこられないかもしれぬ」

「ご心配はいりませぬ。十櫛さまは『喜んで参ろう』と仰せでございました。日頃お世話になっているご恩を返したいとお考えです」

ただひとつ、と羅覇は手を組んだ。

「中に入るのは、十櫛さまだけではいけませぬ。あの御方は暗闇を照らす灯火のようなものとお考えくださいませ。妃宮をお救いするには、兜坂のどなたさまかのご同行が必要です。その御方と十櫛さまがご一緒すれば、疫鬼に襲われずに妃宮の御許《おもと》へたどり着ける、このような策でございます」

「なるほど。我らの使者が妃宮に会えるよう、十櫛王子がお守りくださるのだな」

「はい。とは申しましても、絶対とはお約束できません。十櫛さまが疫鬼に襲われぬからといって、隣にいる者が無事とは限りません。油断すれば、その者だけもっていかれるでしょう」

承知していると言って、二藍は御帳台の方を見やった。大君に伺いをたてた常子が、二藍に向かってうなずく。

二藍は羅覇に続けた。

「わかった。ならば人を出そう。どのような者が適任だ。武に優れた者がよいか」

「なるべく身のこなしが軽い者が適していましょうが、それだけでもいけません。祭主となれる御方でなくては。大君陛下および春宮殿下、またはその名代となる陛下の妻妾がたで、それなりに位《くらい》が高き御方がよろしいかと。二藍さま、あなたさまの妻妾がたでもようございます。……いえ、あなたさまには妻妾はおられぬのでしたか」

失礼いたしました、と羅覇が平伏するそばで、二藍と高子は顔を見合わせた。御帳台のそばの、綾芽と常子も同じくだ。

祭主になれる――つまりは神を招くことのできる者を桃危宮に入れる。

それが条件だと羅覇は言うが、誰ならばよいのか。当然、大君は論外だ。ならば大君の名代である妻妾、つまり花将《かしょう》のうち位の高いものとなるが。

「わたくし……では足手まといでしょうね」

高子は、自らのふっくらとした指先に目を落としてため息をついた。

「他の妃にも、身軽そうなお人は思い浮かびません」

高子は考えこんだ。しかし二藍が「ならばわたしが」と言いかけるや顔をしかめる。

「だめに決まっているでしょう。もしあなたも妃宮も帰ってこないようなことになれば、斎庭は立ちゆかなくなります」

「では誰が向かうというのです」

「花将には妃の下にも夫人《ぶにん》、嬪《ひん》の位がありますでしょう？　あわせて百人ちかく。そこから適した者を探して、いっとき妃の位にあげてはどうかしら」

「妙案ですが、すぐに適任者を見つけられるのか……」

と、そのときだった。

「二藍よ」

御帳台のうちから、大君そのひとの声がした。驚いたように背を伸ばした二藍や高子だけならず、羅覇も目も丸くして、すぐに深く頭《こうべ》を垂れる。

二藍はちらと羅覇に目をやってから、御帳台の方へ向き直った。

「お言葉を賜《たまわ》っても？」

「お前の妻妾をやれ」

二藍は水をかけられたような顔をした。

「……なんと？」

高子や常子、なにより綾芽も同じ思いだった。二藍には表向き、妻妾はいないことになっている。実際は綾芽が唯一の妃だが、それはごく一部の高官のみの秘密だ。

「大君、わたしに妻はおりません。神ゆらぎですので」

ようやく二藍が答えると、大君は百も承知だとばかりに続けた。

「妻を作ればよい」

「仰せの意味が捉《とら》えられません」

「いまこのときを切り抜けるための妻を用意せよと言っている。本物の妻である必要はない。名目が妻であればいいのだ」

多くの大君の妻妾は、大君と実際の婚姻関係がない。神招きのための名目上の妻に過ぎない。二藍にもそういう妻を作れと大君は命じているらしい。

二藍は一瞬言いよどんでから答えた。

「承知いたしました。では、どの者を選びましょうか」

「女孺《にょじゅ》がよい」

「は？」

「お前がいつも使っている女嬬だ。その者に妃の位を与え、妻に仕立てよ」

＊

――到底認められぬ。

肌をひやりと撫でる夜の闇に、ぽつりと高灯台の灯《あか》りが滲《にじ》んでいる。淡い炎の色を睨《にら》んで、二藍《ふたあい》は大君の渡りを待っていた。

刻《とき》は刻々《こつこく》と過ぎていくが、夜明けまでは動けない。羅覇《らは》は日が昇るときに、桃危宮《とうきぐう》に人を入れるという。八杷島《やはじま》の十櫛《とくし》と、『二藍の妃に仕立てた女嬬』のふたりを。

（大君は、いったいなにをお考えなのだ）

眉間《みけん》に力が入った。大君の意図がわからない。女嬬とはつまり、綾芽《あやめ》だ。綾芽を桃危宮にやれと大君は言っている。

命じられた瞬間、二藍は当然、高子《たかこ》も信じられないという顔を見せた。

「お待ちください、それはあまりにも……あまりにも無謀ではないでしょうか」

綾芽を行かせるなんて考えもしなかった。綾芽は物申《ものもう》しだ。神に否《いな》と言える希有《けう》な力を持つ、唯一の娘だ。それを帰ってこられるかわからない『夢のうち』に向かわせるとは。

「女嬬はしょせん女嬬でございます。神を招いたこともございません。上つ御方に近しい者でなければならぬと、羅覇どのも仰っていたではありませんか」

しかし大君はすこしも声を揺らさず、問題はあるかと羅覇に下問した。

しばらく考えた羅覇は、深く腰を折って答えた。

「大切なのは神招きの才よりも、妃宮《きさきみや》のもとに生きてたどり着く才でございます。その者が身軽ならばむしろ適任」

「では決まりとする」

二藍を制するように、御帳台《みちょうだい》の中の大君は決断した。文句は言わせぬ、そういう口ぶりだった。

（だがわたしとて、そう簡単に承《うけたまわ》れるものか）

二藍は御簾《みす》の奥に澱《よど》んだ闇に目をやった。

大君の勅《ちょく》を、綾芽自身がどう思ったのかは知らない。訊《き》かなかったのだ。訊きたくなかった。綾芽の答えなど、容易に脳裏に思い浮かぶ。あのまっすぐな瞳をこちらへ向けて、わたしは行くよ、と笑うのだ。

だが二藍は行かせたくない。行かせるわけにはいかない。神祇官《じんぎかん》として、春宮《はるのみや》として、物申の力をもった娘を失ってはならないから——ではない。

愛《いと》しい女を、ひとり死地へ送りこみたくないのだ。

綾芽は、ただ守ってやらねばならない娘ではないし、二藍自身、御簾の奥深くに囲いこんでおきたいとも思わない。互いに背中を預けられるからこそ、信頼して危険の只中《ただなか》に送りだせるからこそ、なにより大事で愛おしい。

だが今回は話が別だ。一度『夢のうち』に送りだしてしまえば、二藍は隣にいられない。綾芽が危機に瀕《ひん》しても守れないどころか、危機に陥っていると知ることすらできない。

やはり、どうしても、どうやっても受けいれられない。いかに長く支えてきた義姉《あね》を助けるためであっても。

引き裂かれそうだった。頭のどこかで、誰かが激しく叱責《しっせき》する。お前は間違っている。己の欲望に衝き動かされている。心に波風立たせず、はるか天から眺めるように、なにを選びなにを捨てるのかを決めるのがお前の役割なのに。好いた女をなによりさきに置くとは、そんなものごときに心を揺らしているとは。

「ずいぶんと怖い顔をしているな。よほど綾芽に、鮎名《あゆな》を助けさせたくないと見える」

苦笑とともに、大君が御簾の奥に姿を現した。

奥歯を噛みしめていた二藍は、眉をひそめる。

「……意地が悪い仰せだ」

「お前の兄なのでな。お前と同じくらいにはひねくれている」

大君は笑って腰をおろした。灯火の乏《とぼ》しい光のうちでも、微笑みの上に疲れが滲んでいるのがわかる。大君には嘆く暇も、鮎名の無事を祈る暇もないのだ。

都の中心に降ってわいた疫病への恐怖に、外庭《とつにわ》は大混乱に陥っている。左大臣《さだいじん》は怒り心頭に発しているという噂だ。貴族らをなんとか押さえつけるので、大君の一日は瞬《また》く間に費やされてしまった。本当は鮎名が心配で仕方ないだろうに。

後ろめたさが湧きあがる。だが二藍とて引けない。すぐに切りだした。

「綾芽をゆかせるわけにはいきません」

「なぜだ」

「あの娘は物申です。もし万が一失うようなことがあっては、我が国にとって痛い損失となりましょう」

ほう、と大君はつぶやいた。

「確かにそうだ」

玉顔《ぎょくがん》に浮かぶ表情はゆらぎもしない。見透かされていると悟ったが、二藍は口を引き結んでいた。

やがて大君は静かに続けた。

「だが二藍、それでもわたしはあの娘をゆかせるよう命ずる」

「妃宮も綾芽も、どちらも失われたいのですか？」

「どちらも失えぬからこそ、綾芽を選んだのだ。お前とてわかっているだろうに。綾芽は物申だ。つまりは誰にもできぬことをやり遂《と》げる者だ。好いた女を信じられぬのか？」

二藍は唇を噛んだ。そんな理屈は二藍こそ、とっくに考え抜いている。

誰もが越えられない壁を乗り越える、それが綾芽だ。綾芽が無理なら誰にも不可能。他国の王子の力まで借り、危険を冒《おか》して賭けに出るなら、成功にもっとも近い者を選ばねばならない。綾芽ほど、この任に適《かな》う者はいない。

わかっていても、二藍は言わずにはおれなかった。

「だからといって、綾芽が必ずやり遂げられるとは限りません。失敗するかもしれません。わたしはそれが――怖いのです」

あの闇の壁の向こうから二度と帰ってこなかったらと考えてしまう。悔やんでも悔やみきれないし、二藍はすべてを失うだろう。心にぽっかりと穴があくだろう。

その虚《うろ》を埋めるものがなんなのかさえ、なんとなく予想はついている。甘美な神金丹《しんこんたん》の香りが、鮮明に脳裏をよぎる。

「怖い、か」

大君は繰りかえし、わずかに息を吐いた。「よく言った。ならば諦《あきら》めよう」

じっと目をつむっていた二藍は、大君の言葉に驚いて顔をあげた。諦める？　鮎名を諦めるというのか？

「なにを仰る。妃宮はどうなるのです」

と、青くなった二藍がおかしかったのか、「なんだ、そう嬉しそうでもないな」と大君は目尻に皺《しわ》を寄せた。

「綾芽を行かせたくないと申すわりに、鮎名を見捨てるのも嫌なのか。虫がいい男だ」

言葉もない二藍に、大君は続けた。

「わたしが言ったのは、押しつけるのは諦めるという意味だ」

綾芽に決めさせせよ、と言う。

「どうしたいのか、綾芽に自ら選ばせよ。あの娘が無理と思うなら、すっぱりとこの話はなかったものとする。本人ができぬというのに無理強《じ》いさせても、失敗するだけだ」

二藍は下を向いた。むしろ追いつめられた心地だった。

綾芽がなんと答えるのかなど、訊かなくてもわかる。

きっと、必ず、ゆくと言う。

「綾芽の代わりに、わたしが桃危宮へ向かいます。どうかわたしにお命じください」

「なにを申す」

「手をこまねいて待つよりも、己が動く方がはるかにましです」

「二藍よ」

と大君は呆れたように微笑んだ。

「お前の心はよくわかる。わたしも本当は、鮎名に夢現神《むげんしん》など呼んでほしくなかった。とめられるものならとめたかった。自ら身を投げださなくてもよかろうと。お前は末永く妃宮として、わたしの隣で、わたしを支えるべきなのではないか、と」

だが大君は、それでも鮎名を送りだした。

「鮎名が為すと決めたなら、引き留められぬ」

「否と命じることもおできになったはずだ」

「無論、とめるのは容易《たやす》い。わたしも男ゆえ、惚《ほ》れた女を守りたい、できるならば己の腕のうちに隠しておきたい。だがお前やわたしは、そんな欲望に打ち勝たねばならぬのだ。大事な女だからこそ、己の道をまっすぐにゆけるよう背を押さねばならない」

それこそが、斎庭《ゆにわ》の女を妻とする者の務めなのだ。

二藍は頭《こうべ》を垂れたまま、大君の言葉を胸の奥深くまで沈めた。己の身に、なんとか、どうにか、兄と同じ覚悟が染《し》み渡るように。

深く息を吸って顔をあげる。

「綾芽に問うてみましょう。答えはもう、決まっているようなものですが」

大君はうなずいてみせる。柔らかに付け加えた。

「この苦しみを、お前と分かち合えてよかった」

銀の月が明るく照らす渡廊を、二藍がひとり戻ってくるのが見えた。

簀子縁《すのこえん》の端、高欄《こうらん》に背を預けて丸くなっていた綾芽は、はっとして立ちあがった。幸いあたりに人気《ひとけ》はないから、一直線に二藍に駆け寄る。二藍が口をひらくより前に、がばりと頭をさげた。

「お願いがあるんだ。わたしに、妃宮をお迎えに行かせてほしい」

二藍の甲高の足が、綾芽の前で歩をとめる。綾芽は腰を深く折りつづけた。二藍が反対しているのはわかっている。もしかしたら今も大君の御許に参上して、その話をしてきたのかもしれない。

でも綾芽はできることならば、鮎名を救いに行きたいのだ。今すぐこのまま、裸足《はだし》のまま、駆けていきたいほどに。

「それを言うために、こんなところに座っていたのか？　盗人《ぬすっと》でもいるのかと思った」

頭の上から、苦い笑いが降ってくる。綾芽はちょっと赤くなって、ますます頭を深くさげた。

「そうだよ。昼に大君が仰せになったときから、ずっと頼むつもりだったんだ。わたしは妃宮をお助けしたい」

「妃宮が笠斗《かさと》を守ろうとしてくださったからか？」

「それもあるよ。同じ北邦の民として、恩を返さなきゃならない。でもそれよりなにより、わたし自身が、妃宮がいらっしゃらなくなるのが嫌なんだ」

なにもできない自分が歯がゆかった。だから大君に指名されたとき、嬉しかったのだ。

「わたしの命がもう、わたしだけのものじゃないのはわかってる。あなたのものでもあるし、国のものでもある。それでも、迷惑はかけないようにするから」

ふいに頭の上に掌が添えられて、綾芽は目を瞬《しばた》かせた。そっと顔をあげるのと同時に、二藍の手は綾芽の髪を滑るように撫でて、何事もなかったように袖のうちに隠れた。

「お前はそう言うと思っていた」

二藍は、すこしだけ目を細めている。

「……許してくれるのか？」

「こんなところで立ち話をしても仕方ない。こちらに来い」

二藍はすぐには答えず、御殿に促した。

異母弟の邸宅、北東の一角である。桃危宮からいつ疫鬼が出てくるかわからない以上、春宮である二藍は疫神が退《ひ》くまで斎庭に戻れない。今宵は少数の供を連れて、ここで夜を明かすことになっている。

二藍は正殿の母屋《もや》に綾芽を招き入れた。自分のために敷かれた畳の上に、綾芽をさきに座らせる。

尾長宮《びちょうぐう》から運んだ小さな櫃《ひつ》からなにかを取りだすと、綾芽のすぐ隣に腰をおろした。

「お前の頼みを許すかどうかと訊かれたのだったな」

綾芽に顔を向け、笑みを浮かべる。

「許すもなにもない。お前がゆくと決めたのなら、わたしは支えるだけだ」

表情とは裏腹に、声は遠くかすれるようで、綾芽の胸は痛んだ。

声に出てしまったと二藍自身も悟ったのだろう、ごまかすように視線を逸らした。息を吐くと、手元のなにものかを包んだ布をくるくるとひらいていく。

現れたのは、一振りの短刀だった。

「これをお前に」

二藍は両手を短刀に添え、おごそかにさしだした。

「鍛戸《しょくにん》に命じて作らせた。見た目は地味だが、切れ味は抜群だ」

綾芽は礼を言って、そうっと受けとった。金銀や螺鈿《らでん》の飾りはほとんどない。でも引き抜くと、刃《やいば》は冴えた月のように輝いて、一目で優れたものだと知れた。

「短刀の振り方は知っているか」

「うん、千古《ちこ》さまに習ったよ」

弓の名手の女舎人《おんなとねり》は、他の得物《えもの》の使い方も心得ている。

「ならばよかった。すこし振ってみろ」

立ちあがって、綾芽は数度抜き差ししてみた。

「どうだ」

「すごくいいよ。柄《つか》はしっくりと馴染《なじ》むし、重さもちょうどだ」

「きっと疫鬼を退《しりぞ》けるのに役立つだろう。もっとあとで渡すつもりだったのだがな。今日、尾長宮を出るときに思いたって荷に加えた。結局はこうなると、わたしも薄々気づいていたのだろうな」

「そんな寂しそうな顔をしないでくれ。大丈夫だから。これでびしりと疫鬼を退けて、妃宮と一緒に帰ってくるよ」

綾芽はあえて、おどけて短刀を振りあげてみせた。待つのが辛いのは知っている。ついさきほどまで、綾芽だって忸怩《じくじ》たる思いを抱えていたのだ。どうにかしたいと心から望んでいるのに手が出せないのは苦しい。自分で動く方がはるかに楽だ。

二藍の口元に笑みが戻った。寂しさを見抜かれていると悟った、苦い笑みだった。

「贈っておいてなんだが、短刀を抜くような目には遭《あ》わずにすむよう祈っている」

「心配いらないよ」

綾芽は短刀を鞘《さや》に収めて、二藍の隣に再び座った。さきほどよりもすこしだけ近くに。

「疫鬼は十櫛《とくし》さまを絶対に襲わないんだろう？　わたしも十櫛さまにひっついていれば、なんとかなると思う。なるべくそばにいさせてもらうことにするよ」

「それならば疫鬼への不安は薄くなるな。だが」

「なんだ？」

二藍はわずかに言いよどみ、吐く息とともに口をひらいた。

「わたしほどお前を思っている者はいない。どんなときもだ。忘れないでくれ」

綾芽は首をかしげてから、十櫛を意識して言っているのだと気づいて、頰を赤く染めた。つい照れ笑いを浮かべてしまう。どれほど二藍が想ってくれているか、片時も忘れたことなんてないのに。

「なにを照れている」

「そりゃあ照れるよ。あなただっておんなじのくせに」

「わたしは何度でも、いくらでも言える。お前が望むなら」

綾芽は返事の代わりに、二藍の肩にそっと頭をもたれかけさせた。照れる台詞《せりふ》は何度でも吐けると言ったばかりの男が身じろぐ。それがおかしくて、愛おしい。

「すっごく楽しみだな」

「なにがだ」

「羅覇から、神ゆらぎを人にする方法を聞きだすのがに決まってるだろう」

二藍が、なにか言いたそうにこちらを向いた。綾芽は二藍の肩に頭を乗せたまま、明るく続ける。

「妃宮を無事お連れして、疫が丸く収まったら、羅覇に会わせてほしいって十櫛さまに頼んでみるよ」

「……羅覇は信用できない」

「わかってるよ。でも持っている知識は本物だから、どうにか引きだせるように頭をひねればいい。あの子は本当はわたしを見知っているから、すこしは後ろめたく思うかな。だったらそれをうまく使って……」

綾芽が考えていると、二藍はぽつりと言った。

「お前は羅覇の正体を知っても、わたしのために知恵を引きだそうとしてくれるのか」

落ち着いた言いようだが、だからこそ、綾芽はその声が揺れていると気がついた。

預けていた頭をあげて、満面の笑みを向ける。

「当たり前だろう。あなただけじゃなくわたし自身のためでもあるし。それにたぶんわたしって、無理だと思えるものをひっくり返すのが、わりと得意――」

得意みたいだ、と言いきることはできなかった。

二藍の腕が、綾芽を強くかき抱く。

「無事に帰ってきてくれ」

うん、と答えた綾芽の声もまた震えた。

幸せだと思った。わたしには、待っていてくれる人がいる。


綾芽が仮眠をとっている間に、二藍はあらゆる準備を整えておいてくれたようだ。夜の一番深いころに起きだしたら、ちょうど粥《かゆ》が運ばれてきた。ありがたくいただいていると、二藍は思わぬことを言った。

桃危宮が封じられた際、桃危宮付きの女官はほとんど待避させられて無事だったのだが、膳司《かしわでのつかさ》の者と、それを護衛するよう命じられていた女舎人、あわせて十数名ほどが行方知れずになっているという。

そこには祭礼の前に綾芽が話をした、須佐《すさ》と千古も含まれていた。

「須佐たちも、妃宮と一緒に閉じこめられてしまったのか」

「おそらくな。妃宮はあえて須佐らを巻きこんだのだろう」

疫神を鎮めるのに必須な暁夕《ぎようゆう》の神饌《しんせん》は、膳司の者なくては用意できない。それで鮎名は、普段は桃危宮の外で働いている須佐らに、宮内で煮炊きをするよう命じたのだ。もしものときに、自分と一緒に『夢のうち』に封じるために。

「そうか……」

粥を掬《すく》う手はとまってしまった。

鮎名は、須佐たちを犠牲にするつもりはないはずだ。生きて戻らせようと巻きこんだ。だからこそ護衛にわざわざ女舎人を、それも手練《てだ》れの千古をつけた。

でも桃危宮は、いまや疫鬼の巣窟だ。憎めない須佐の笑い声や、千古の美しい笑みを思い出す。みんな怖い思いをしていないだろうか。無事でいるだろうか。それとも……。

と、二藍にぐいと腕を掴まれ、手に持っていた匙《さじ》を粥に突っこまれた。

「最後までしっかり食べろ。みなを助けてやれるのはお前だけだ」

「……そうだな」

二藍の言うとおりだ。綾芽は匙を握りなおす。大きく掬って口に含んだ。

「いっぱい食べないといけないな」

絶対にわたしが助ける。だからもうすこしだけ頑張ってほしい。

出かける支度を調《ととの》える。二藍にもらった短刀は帯に差しこんだ。眠ったし、粥も食べたしで身体は軽い。

短刀を抜き差しして具合を確かめていた綾芽を、二藍はじっと見つめていたらしい。顔をあげたら思わぬ近さで目が合って、綾芽は思わず笑みを漏らしてしまった。

「そんなに見ないでくれ、恥ずかしいよ」

二藍は声もなく笑うと、綾芽の髪に触れた。慎《つつ》ましく一筋撫でて、身を翻《ひるがえ》す。

「ではゆこうか」

東の空が深い藍《あい》色に沈む中、綾芽たちは都と斎庭を繋《つな》ぐ壱師門《いちしもん》に到着した。

門前には篝火《かがりび》が明々《あかあか》と焚《た》かれ、幕が張られている。すでに、八杷島の王子・十櫛が待っていた。ゆったりとした衣を幾重《いくえ》にも重ねた、八杷島の正装を身にまとっている。疫鬼が十櫛に近寄らないのは、三兄神の血縁だからこそ。見た目にも血縁だとわかりやすくしているのだろう。

「十櫛王子、こたびはご助力に感謝いたします。なんとお礼を申せばよいのか」

二藍が丁重に礼を述べると、この気のいい王子は明るく笑った。

「お気遣いなく。わたしも嬉しいのです、ようやく兜坂《とさか》の国にご恩を返せるのですから」

篝火の灯りに、瞳に混じった海の色がきらめいている。嬉しいというのは本心なのだろうな、と綾芽は思った。物心ついたときには兜坂にいた十櫛は、兜坂の国しか知らず、兜坂の文化で育った。確かに恩を感じているのだろう。

「わたしがお役に立てるのなら、これほどの幸せはありません。必ずや妃宮の御許まで迎えの者がたどり着けるようお守りいたしましょう」

「ありがたい」

「まあ、実際はわたしでなく、わたしの血が守るのですが」

十櫛は丸腰の自分を見おろして、照れたように頭に手をやった。

「なんせご承知のとおり、わたしは武芸に秀でているとは言いがたいのです。恵まれた体軀を持ちながらまったく活かせず、お恥ずかしい」

「なにを仰る。本来ならば達者でいらっしゃったはずのあなたさまに小太刀《こだち》すら握らせず、館に閉じこめているのは我ら。どうかお許しいただきたい」

二藍の声が穏やかになって、綾芽は、二藍がこの王子に同情しているのだと気がついた。人質ゆえに館から出ることさえままならず、武芸の鍛錬は当然禁じられてきた。そんな十櫛の不自由な身の上に、神ゆらぎとしての自分を重ねているのだ。

十櫛は目元を緩めてかぶりを振った。

「それこそお気遣いなさらず。これがわたしが母王から授かった役目なのですから。とは申しても、こたびばかりは人の命が懸《か》かること。大変身勝手なお願いながら、殿下がお選びになった娘が、機敏で勇敢な者だと安堵できるのですが」

「ご心配なく」

と二藍は笑みを浮かべた。「身軽で、とくに勇ましい娘を選んでおります」

「それはありがたい！　それでその娘はいったいどこに？」

二藍に促され、女嬬の梓《あずさ》として控えていた綾芽は前に出て、丁寧に礼をした。顔見知りの綾芽が同行すると知って、十櫛は喜んでくれるだろうか。安心してくれるだろうか。

しかしである。十櫛の頰に浮かんでいた笑みは、さっとかき消えた。

「……梓ではありませんか。殿下は本気でこの娘をゆかせるおつもりですか？」

思いも寄らない反応に、二藍も綾芽も戸惑った。綾芽では気に入らないのだろうか。

「お気に召しませんか。身のこなしの軽い娘を妻妾に仕立て、十櫛さまとご一緒させるようにとの大君の仰せです。ならば梓ほど適任な者はおりません。梓はその珊瑚《さんご》を探しだしたこともありましたでしょう」

二藍は、十櫛が腰に佩《は》いた赤い珊瑚の玉飾りに目をやった。青宝《せいほう》珊瑚。十櫛の身分を表す八杷島の至宝である。かつて十櫛がなくしたものを、綾芽が見つけてきたのだ。

「ええ、もちろん覚えておりますよ」

十櫛はどこか突き放したように言って、珊瑚に手を添えた。青の名を冠された至宝は、血のように赤い。

「……やはり殿下は、神気のいと濃き神ゆらぎであられるようだ」

「は?」

「承知いたしました」

と十櫛は、表面だけとりつくろうような笑みを浮かべる。

「そのようなお考えならば、わたしも迷いなく役目に邁進《まいしん》できるというものです」

釈然としないような二藍をよそに、十櫛は綾芽に笑いかけた。

「梓よ、わたしはお前とゆけて嬉しい。必ず妃宮のところまで連れてゆくから、安心しておくれ」

綾芽も礼を返した。連れていくと約束してくれたのはありがたいが、どこか引っかかるような気もした。

幕を出ると、羅覇が片膝をついた八杷島式の礼法に則《のっと》ってかしこまっていた。

「王子、ご用意は調《ととの》いましたか？　ご一緒する花将《かしょう》さまは、どちらの御方でしょう」

羅覇は、場を取り囲む多くの女舎人や女官を見回した。こんなときでも口元にはあるかなしかの笑みが浮かんでいる。

「こちらの娘だ。殿下の女嬬を務めていた。梓という」

十櫛が綾芽を紹介すると、「まあ」と羅覇はほんのいっとき目を見開いた。その瞳の奥には確かな驚きがある。そればかりでなく、いくばくかの気まずさもよぎった気がした。どちらも瞬《まばた》きひとつでかき消えて、嘘くさい微笑みが戻ってくる。

「承知いたしました。それでは梓さまも交え、次第を確認いたしましょう。ご存じのとおり、桃危宮はいまや『夢のうち』。この世にあって、この世にあらざるところでございます」

羅覇は、壱師門からまっすぐに続く賢木大路《さかきおおじ》の突きあたり、夜闇に包まれてもなお黒々と沈む桃危宮の影を見やった。

「そして『夢のうち』は、妃宮が遭遇されるかもしれないあらゆる最期の中で、もっともむごい未来に変じております。妃宮は斎庭《ゆにわ》の主であらせられる御方ですから――」

「つまりは斎庭そのものの滅びを見るかもしれないのだな。梓よ、耐えられるか？」

「覚悟しています。屍《しかばね》の山とて越えましょう。お気になさいませんように」

綾芽は答えた。そんなの、中に閉じこめられた鮎名や須佐たちを思えば何でもない。

「よき人選でございます、さすがは春宮殿下」

綾芽の返答を受けて、羅覇がうっとりと二藍に瞳を向けた。二藍は黙っている。眉根をきつく歪《ゆが》めるばかりだ。

「しかし屍の山を見ることはおそらくないでしょう。『夢のうち』は本物の未来ではございませんから。あくまで悪夢、幻でございます」

羅覇は綾芽に笑いかけた。その小首をかしげる仕草は、かつての由羅《ゆら》にひどく似ていて、綾芽はつい目を逸らした。

とはいえ、と十櫛が袖の中で手を組む。

「あそこには疫神も閉じこめられているのだ。気を抜いてはならぬよ、梓。お前は必ず、妃宮のもとにたどり着かねばならぬのだから。途中で疫鬼がお前を捕まえてしまったら、いくらわたしでも助けられない」

あら、と羅覇はころころと笑った。

「心配性なのですね、王子。気を揉《も》まれることはございません。きっと妃宮は、桃危宮の門を入ってまっすぐ行ったところ、拝殿にいらっしゃるはず。ものの百歩ですわ」

そして綾芽に向かって言った。

「梓さま、あなたも王子のうしろにぴったりとついてゆけば、なにも怖くはありません。すぐに妃宮だって見つかるでしょう」

「無事に妃宮にお会いできたら、どうすればよいのです」

「簡単なことです。妃宮の両手をとって、『お戻りください』と申しなさい。さすれば妃宮は『夢のうち』から解き放たれます」

「妃宮以外にも閉じこめられている者がおります。その者たちも助けられますか?」

「ええもちろん。さきほどの所作《しよさ》を行う際に、妃宮のお召し物に触れさせておいてくださいませ。みな、妃宮とともに外に出られるでしょう」

そうなのか。よかった。綾芽は胸を撫でおろした。

「まことであろうな」

むっつりと黙りこんでいた二藍が、鋭い声で切りこんだ。

「まことにそなたの言うとおりに行えば、誰ひとり欠けず戻ってくるのであろうな」

「ご安心を。我が国も王子のお命を懸けるのです。嘘など申しませぬ」

両手を合わせてすらすらと答えた羅覇は、口の端《は》をつりあげる。

「それでもご心配ならば、どうか心術を用いてわたくしにお問いかけなさいませ。お前は真実を語っているのか――と」

「こら羅覇よ、殿下に失礼を申すな」

慌てたように、十櫛がふたりの間に入った。「もうゆきなさい」と羅覇の背を、壱師門の前にとまった牛車へ押しやる。それから頬をぴくりとも動かさない二藍へ頭をさげた。

「大変に申し訳ありません。あの者の無礼はどうぞお許しください。わたしが必ず、梓を妃宮のところへ送り届けます。安心していただきたい」

恐縮した様子の十櫛に、二藍は礼儀として表情を緩めた。

「ご面倒をおかけいたします。どうかお気をつけて」

そうして、綾芽に冷然と命じた。

「梓よ、決して十櫛さまの足手まといにならぬように。そして必ずや妃宮をお連れせよ」

「ご安心くださいませ。しっかりと役目を果たしてご覧にいれます」

女嬬として答えた綾芽が顔をあげたときには、二藍はすでに背を向けていた。

「いたく冷ややかなおひとだ」

十櫛は眉を寄せてつぶやく。

でも綾芽には、二藍の気持ちが痛いほど伝わっていた。

ふたりの関係を悟られてはいけない。だからこそ二藍はことさら冷たいふりをしている。きっと心のうちでは、こんなふうに送りださねばならない自分に憤っているだろうに。

大丈夫だよ、と綾芽は二藍の背中に心で呼びかけた。たくさん励ましてもらった。だからわたしは頑張れる。ちゃんと帰ってくるから待っていて。

二藍の背中から視線を逸らす。背をまっすぐに伸ばし、十櫛に向き合った。

「十櫛さま。どうかわたしをお連れくださいませ」

桃危宮の門前へ向かう牛車には、十櫛に羅覇、そして綾芽の三人が同乗した。綾芽は固辞したのだが、十櫛に押しきられたのだ。

すぐ横に羅覇がいるのは落ち着かなかった。羅覇と隣り合った方の腕がむずむずとする。問いただしたくてたまらない。あなたは由羅だろう。なぜ斎庭に忍びこんでいた。なぜまた再び戻ってきた。いったいなにを考えている。なぜ二藍を傷つけた？

もちろん、どれひとつとして口には出せなかった。

（せめて女嬬として、神ゆらぎについて訊けたらいいんだけどな）

二藍が人になるための方法を見つける。それが綾芽の悲願である。

八杷島の祭官は、この世で一番その答えに近い人だ。できるならどうにか尋ねたい。とはいえ今にはそぐわない話題な上、牛車に乗ってからというもの、十櫛と羅覇は八杷島の言葉で会話しているから、綾芽は口を挟む隙《すき》もなかった。

ふたりは国の言葉でなにを話しているのだろう。たわいもない会話なのか、それとも深刻な話なのか。なんとなく後者の気がするが。

兜坂の言葉を操るときより低い十櫛の声を聞きつつ、綾芽はふと疑問を抱いた。

（そういえば十櫛さまって、羅覇とどの程度繋がっているんだろう）

羅覇が顔を変えて斎庭に戻ってきたと、十櫛は知っているのだろうか。陰ながら助力しているのか。それとも兜坂に住んで長い王子だから、八杷島から距離を置かれて蚊帳《かや》の外なのだろうか。

そもそも十櫛という男は、兜坂と八杷島、どちらに思い入れが深いのだろう。どちらの味方なのだろう。

つらつらと考えていたからだろう、

「そうだ、梓。お前は羅覇に尋ねたい儀があったのだったな」

と十櫛に急に話しかけられて、綾芽は一瞬なにを言われたのかわからなかった。

「……えっと、なんの話でしたでしょう？」

慌てた綾芽に、十櫛は笑みを浮かべて腰にさげた珊瑚を持ちあげてみせた。

「ほら、わたしがこの青宝珊瑚を見つけてもらったとき、望んでいたではないか。玉盤神《ぎょくばんしん》や神ゆらぎについて知りたいと。玉盤神とはなんなのか。神ゆらぎはなぜ生まれるのか。

そのようなことを」

「は、はい、確かにお願い申しあげましたが」

渇いた口を、綾芽はどうにかひらいた。

「だろう？」と十櫛はにこやかにうなずくと、今度は羅覇に向かって続ける。

「羅覇よ、梓の疑問に答えてやってくれぬか」

「今ここで、でございますか？」

「わたしは褒美《ほうび》に知識を与えると約束したのだ。青宝珊瑚に誓って、約束は守らねばならぬ。玉盤神の話はすでに聞いたであろうから……そうだな。神ゆらぎのことを教えてやってくれぬか」

「と仰りましても」

と羅覇は眉をひそめた。「玉盤神と神ゆらぎについては秘中の秘。わたくしの一存で言える話はほとんどありません」

「これならどうだ。神と人との間をゆらぐ神ゆらぎは、神気が溢れれば神になる。だが逆に人にはなれるのだろうか？　このくらいなら構わぬだろう？」

綾芽はどきりとしたが、羅覇は表情も変えず、「その程度ならば」とうなずいた。

「だそうだ。梓、これが褒美でよいか？　それとも他に訊きたい希望はあるか？」

「滅相《めっそう》もございません！」

と綾芽は急いで頭をさげた。顔を見せられない。上気してしまっている。

他に希望なんてない。まさに尋ねたかった問いそのものだ。神ゆらぎが人になれるかどうか。それこそが知りたい。切望している。

なんとか呼吸を落ち着ける。十櫛がなぜ今褒美を授けるつもりになったかは謎だが、降ってわいた僥倖《ぎょうこう》なのは間違いない。逃すわけにはいかないし、疑われてもいけない。

息を整えて、なんでもないように顔をあげた。

「ありがたく頂戴《ちょうだい》いたします。約束を覚えていてくださっただけでも嬉しくて仕方ありませんのに、もったいないお心遣いまでいただいて」

「でもあなたはどうして、神ゆらぎが人になれるかが気にかかるのです。まさか春宮殿下ご自身が、人でありたいと願われていらっしゃるの？」

羅覇が鋭い疑問を投げかける。綾芽は落ち着いて答えた。

「まさか。二藍さまは、お心の隅でもお望みではないでしょう」

「そうかしら。あの御方は心術を用いられるご自分を厭《いと》われていると聞いたけれど」

「と、人には仰っておりますね。言わねば恐れられますから。でもわたしは知っているのです。二藍さまは本当は、心術を自在に操るご自分をお気に召しておいでです」

だからこれは、単なるわたしの知識欲です。

綾芽は胸に両手を当ててみせた。

「わたしは知りたがりなのです。上つ御方にお仕えしていると、謎ばかりが増えていきます。とくに神ゆらぎである二藍さまは、田舎の出の私から見れば不思議だらけです。もちろん二藍さまご自身に、神ゆらぎとはなんですかなんてお尋ねできません。畏《おそ》れ多いですから。でも気になって仕方なくって」

「なるほど、確かに知りたがりの顔をしています」

羅覇は納得の表情を浮かべている。あなたってほんと、変わらないのね——そう言わんばかりだ。よし、と綾芽は心の奥で拳《こぶし》を握った。

「いいでしょう、梓さま。お教えしましょう」

「本当ですか！　ありがとうございます」

「まずはっきりと言えば、神ゆらぎは人にはなれません」

いきなり頭上に落ちてきた大岩に、綾芽はいっとき言葉を失った。

「……決してですか？　どんな道もないのですか？」

震えそうな声を押さえつける。まだだ、まだ諦めない。

しかし羅覇の口から出てきたのは、落胆するような言葉ばかりだった。

「神ゆらぎとは、滝を流れ落ちる水に喩《たと》えられます。己が神ゆらぎであると自覚したときから死ぬまで、人の世から神の世へ向かう崖を落ちてゆくのです」

崖の上を流れる川が人、滝壺の底は神。

「水は必ず高きから低きに流れるもの。逆は決してありませんでしょう？　同じように神ゆらぎも、必定人《ひつじょう》から離れてゆきます。人へ近づくことは、決してございません」

羅覇は腕を伸ばし、す、と上から下へ動かした。綾芽は食いさがる。

「周りの者が引き留めて、人の方へ戻ってこさせることもできないのですか？」

「その場に留めるくらいなら、少々ならば可能です。水だって堰《せ》きとめるのは容易い。しかしそれもいっときのことです」

どれだけ堰きとめても、溢れてしまえば意味もない。一生懸命に手で掬いあげて戻したところで気休めに等しい。落ちゆくものはとめられない。それが自然の摂理《せつり》なのだ。

とくに、と羅覇の声がわずかに沈んだ。

「春宮殿下のように神気の濃い御方は、はっきりと他の神ゆらぎとは違います。特別なのです。ですから落ちるのも早い。そのように生まれついているのです。人のまま寿命をまっとうできる御方はほとんどいらっしゃらない」

――そんな。

綾芽は唇を嚙み、必死に両手を握りしめていた。

羅覇の言葉にはすこしの救いもない。ただのすこしも。

「神ゆらぎに近しい者は誰しもが望むのです。この御方をどうにか人にできないものか、孤独から救ってさしあげられないか、と。けれど果たせず涙を飲みます。ままならぬのがこの世なのです」

「……あなたのお国にも、二藍さまのような神ゆらぎの御方がいらっしゃるのですね」

「ええ、おりますよ。神気のいと濃き御方が」

羅覇の瞳は、遠くを見やるようだった。

「お救いしたいのですか?」

「救えませせぬ。我ら祭官の知識とて、あの御方のさだめの前ではなんの役にも立てません。わたくしごときには、なにひとつひっくり返せはしないのです。水が低きから高きにはどうやっても流れぬように、決してお救いできない」

嘘だらけの羅覇の横顔に、生々しい表情が滲んでいる。やるせなさと、自分への憤り。

綾芽は目の前が暗くなって、身体中から力が抜けていくのを感じた。

八杷島の祭官である羅覇がこんな顔で嘆くなら、これは真実なのだ。羅覇でさえ、助けたくとも助けられない。

（だったらわたしにも――）

「いやはや、我が国の祭官は思いも寄らず意地が悪いのだなあ」

腰にさげた赤い珊瑚をしきりに触っていた十櫛が、唐突に言った。同時に顔をあげた綾芽と羅覇に、にこりと笑みを向ける。

「本当はひとつだけ、神ゆらぎを人とする方法が存在するだろう？」

「あるのですか？」

弾かれたように綾芽は身を乗りだした。打ちひしがれた心に希望がみなぎる。十櫛は今、方法はあると言った。確かに口にした。

「十櫛さま、なにを」

顔色を変えた羅覇が、八杷島の言葉で早口に言いたてる。勝手に教えるなと諫《いさ》めたようだが、十櫛は取り合わなかった。

「あると言うくらいはよいだろう。具体的な方法を明かすわけでもない」

だいたい、と十櫛は青宝珊瑚を持ちあげて、緑青の瞳を輝かせた。

「方法を知ったとして、ただびとでは到底手に負えぬ。この珊瑚を赤から青に変えるくらいに難しい。今までやりのけた者は誰ひとりいないし、そもそも我々には試す資格すらない」

「それでも、ひとつも方法がないわけではないのですね」

綾芽が掠《かす》れ声で問いただすと、十櫛はにこりとした。

今さら否定しても仕方ないと思ったのか、羅覇も諦めたようにうなずく。

「あるかと問われれば、確かにございますわ。ないに等しい方法ですけれど」

「……そうなのですね」

綾芽は跳ねる胸を押さえつけて、知識欲が満たされたという顔をしてみせた。

「すっきりといたしました。ずっと気になっていたものですから。ありがとうございます、十櫛さま、羅覇さま」

心の中は、涙が出そうに嬉しい。

手はあるのだ。それならいい。どんなに厳しい道だろうとも、今まで誰ひとり成功していなかろうと、道は切れていない。

二藍が人になる未来はある。か細い糸であっても、夢のさきに繋がっている。だったら、たぐりよせるまでだ。

第四章

朽ちた宮に絶えず花の散る

『夢のうち』は閉じた場所だ。普通は祭主が死ぬまで行き来はできない。しかし東の空に天《あま》つ日が昇る一瞬は、無の闇の壁にわずかにほろこびが生じる。羅覇《らは》はそのときを狙って、綾芽《あやめ》と十櫛《とくし》を中に入れるという。

綾芽は桃危宮《とうきぐう》の南門の前で、十櫛やごく少数の女官らと、東の空の星がゆっくりと光を失ってゆくのを待った。

いつもならばとっくに騒がしくなっている斎庭《ゆにわ》も、今日は嘘のように静まっている。ほんのいくつか、あらかじめ祭礼が執り行われていた妻館《つまだて》に細々と灯《あか》りがともる以外は、どの女官も、笹に守られた殿舎や官衙《かんが》の中でじっと小さくなっている。

「さて、そろそろですね」

東の高楼で空を見ていた羅覇が戻ってきて、篝火《かがりび》を囲んでいた綾芽と十櫛に声をかけた。

綾芽は南門の前に立ち、塗り直されたばかりの鮮やかに赤い門扉《もんぴ》に手を触れる。

緊張と不安で、押しつぶされそうになってくる。大丈夫、と自分に言い聞かせて、二藍《ふたあい》がくれた短刀をもう一方の手で握りしめた。

深く息を吸っては吐く。東の空が白《しら》んでいく。

常子《つねこ》が寄ってきて、そっとささやいた。「大丈夫。うまくいきますから。あなたの無事の帰りを、あの御方もお待ちになっておりますよ」

「お気をつけて」

綾芽はなんとか微笑みを浮かべた。そうだ、きっと大丈夫。二藍が待っていてくれる。同じように扉に触れている十櫛は、いつもどおりの穏やかな表情で、静かにそのときに備えている。意外に肝《きも》が据わっている。こんな危険な行事に駆りだされることも、祭礼すら初めてのはずなのに。

空は浅い藍の色になっていた。東にそびえる匳《くしげ》の岩山が、黄みがかった光を背負う。

「さあ、ほころびます。どうかご無事のお帰りを、十櫛さま」

羅覇が鈴の音《ね》を響かせた。

「そして、梓《あずさ》」

呼びかけられて、綾芽は振り返った。羅覇はじっとこちらを見ている。仮面のうしろにある本当の顔が、いやにはっきりと見えた。笑みもなにもすっかり抜けた、それこそ仮面のようにのっぺりとした表情。

羅覇は一言、なにかを言った。

なにを言ったのかはわからなかった。聞こえなかったのだ。一瞬のうちに音が消え、目の前が真っ暗になる。なにもない無に放りこまれる。

すぐに感覚は戻ってきた。まずは音。風の音が聞こえる。ぬるい風だ。どこか嘘めいて、あざ笑うような春の風。

そして目に飛びこんできたのは、一面の薄紅色だった。

桜だ。

満開の桜の大木がざわざわと枝を揺らし、花びらが嵐のように吹き乱れている。散っては舞い、舞い積もり、地面を覆《おお》い隠すほどなのに、見あげるほどに大きな桜の古木には、すこしも花弁が減じている様子もない。

完璧に咲きそろった薄紅が、こぼれ落ちんばかりに揺れている。

この世のものとは思われぬ光景に、綾芽はしばし見とれた。

「ここは……」

すこし離れたところで同じく桜を仰いでいた十櫛が、ついと目を細めた。

「どうやらここが、妃宮《きさきみや》の『夢のうち』のようだな」

空が青い。そして赤い。

夕方の空だ。まだ青さを残した空に浮かぶ雲を、西日が茜色《あかね》に染めあげている。それで赤と青が入り交じる。

（二藍の色に似ているな……）

背にした門塀《もんぺい》に寄りかかり、綾芽は息を何度も吸っては吐いた。

確かに十櫛の言うとおり、ここは『夢のうち』なのだろう。綾芽が立つのは、さきほどまでいた南門のすぐ内側だ。朱門をくぐる人々を見守るように桜の巨木が枝を広げる場所。綾芽が昨日見たときは、この木は蕾《つぼみ》すらつけていなかった。秋なのだから当然だが、緑の葉は萎《しお》れつつあり、そろそろ色を変えて散ろうというところだった。

なのに今は満開に咲き誇り、風に花びらを散らしている。一向に花の減った気配もないままに。

背筋がぞっと冷え、つい桜に背を向ける。かといってどこを向いていいのかもわからない。桃危宮の外は明け方だったのに、ここでは日は西に傾いている。

そして桃危宮の見慣れた殿舎や回廊も――。

「いや助かったよ。どうやら拝殿にならば、まっすぐに向かえそうだ」

明るい十櫛の声が響いて、綾芽は目をあげた。

十櫛は、南門に向かい合うように建った門から戻ってくるところだった。拝殿を囲む回廊の門である。歪《ゆが》んで傾《かし》いだ門扉《もんぴ》の隙間《すきま》をひょいと抜ける。器用だなと思った矢先、

「――っと」

崩れた柱に衣《ころも》の裾《すそ》を引っかけて、つんのめった。綾芽は驚いて駆け寄ろうとしたが、すんでのところで十櫛は持ちなおした。

「お怪我《けが》はございませんか？」

「いや大丈夫だ。恥ずかしい姿を見せてしまったな」

十櫛は笑って頭に手をやった。しかし、と周りを見渡す。

「これはなかなか、気の滅入《めい》る光景だな」

「……そうですね」

綾芽はまた目を伏せてしまった。

鉛丹《えんたん》と弁柄《べんがら》で朱に塗られていたはずの南門の扉は、色あせてひび割れている。桃危宮を囲んだ築地塀《ついじべい》の屋根にはあちこち穴があいて、甍《いらか》が瓦礫《がれき》の山と化していた。

檜皮葺《ひわだぶ》きの回廊の軒付《のきつけ》は腐り落ち、回廊の門は傾いで扉は外れかけている。太い丸木の柱がそこここで折れ、惨《みじ》めな姿で転がっていた。

桜の花びらがうっすらと、淡雪《あわゆき》のように、すべての上へ降り積もる。

どう見ても廃墟だ。うち捨てられた宮殿だ。桜よりも空よりも、この桃危宮の変わり果てた様子が心を抉《えぐ》る。

「斎庭に……なにがあったのでしょう」

『夢のうち』は、祭主の身に降りかかるありとあらゆる最期《さいご》の中で、もっともひどいものに変じるという。つまりは眼前に広がる静まりかえった桃危宮は、妃宮の——斎庭のすべての者の前に横たわる最悪の未来。

「どうしてこんな、ぼろぼろになってしまったのでしょう」

「神の仕業《しわざ》だろう」

十櫛《こ》が神妙にあたりを見回した。廃墟と化した桃危宮は、ただ朽《く》ちた様子ではなかった。黒く焦げた柱や壁が方々に目につく。激しい力を受けて、破壊されたのであろう屋根も。

「神招きに失敗したということですか？」

「失敗というか……まあそのようなものだろうな」

「信じられません」

綾芽は強く首を横に振った。

確かに斎庭は恐ろしい神を招く。火を噴く山の神、豪雨の神、稲妻の神。

　だが斎庭の女たちはいつでも賢くもてなしてきた。人の利を引き出してきた。斎庭を廃墟にするほどの失敗を犯すだろうか。それもあの鮎名《あゆな》が？　これは本当に、神に破壊された未来の斎庭の姿なのか？

「考えても仕方ないよ、梓。夢現神《むげんしん》が見せるものがなんなのか、悩んでも意味がない。これはただの悪夢だ。お前の望みは妃宮を探しだし、お救いすることなのだろう？」

「……仰《おつしや》るとおりです」

　そうだ。そのとおりだ。綾芽は自分を叱咤《しつた》した。これはあくまで無数のありえる行く末のうちのひとつに過ぎない。

「十櫛さま、拝殿への道のりはどのような気配でしたか？」

　気を取り直してあたりに目をやる。おそらく鮎名が疫神をもてなしているのは、この南門からまっすぐ行ったところ、回廊の向こうに建つ拝殿だ。疫鬼に襲われない十櫛は、さきに様子を確認してきてくれたのだった。

　十櫛は目元を和《やわ》らげた。

「幸い、回廊のうちには疫鬼はほとんど見当たらなかった。一気に突っ切れば、すぐにたどり着けるだろう」

「よかった。それではまっすぐに拝殿に向かおうと思います。ご一緒願えますか」

「もちろんだ」

と十櫛はにっこりとした。

「わたしはどこぞの男と違い、お前が役目を果たすそのときまでしっかりと見届けるよ」

二藍への当てつけのような言い方に、綾芽は眉を寄せた。さきほども十櫛は、二藍にいやに反感を抱いていたようだが。

「お前は短刀を持っているだろう？　すこし貸してくれ。いざというときのために、呪《まじな》いをかけておこう」

綾芽の短刀を借り受けると、十櫛は自分の腕に傷をつけた。流れた血を刃に伝わせる。

「疫鬼がわたしの血を避けるのならば、こうして血を吸わせておけば役に立つだろう」

十櫛が躊躇《ちゅうちょ》なく傷をこしらえたのに、綾芽は驚いた。そういえば、ずっと人質として屋敷のうちで暮らしてきたわりに、十櫛は落ち着いている。いつもどおりといっていい。人質として生きるのは、綾芽が考える以上に過酷なのだろうか？

と、刃を鞘《さや》に収めていた十櫛が眉を持ちあげた。

「おや、これは杜若《かきつばた》か？」

なんの話だろう、と綾芽が顔を寄せると、十櫛は鞘の裏から細い棒のようなものを引き抜いた。

「知らなかったか？　ほら、ここに」

どうやら鞘の裏に、笄子《かんざし》が収めてあるらしい。武器として作られたのか、さきはつんと尖《とが》っている。ただ頭の方は広くなっていて、銀の飾りが嵌《は》めこんであった。飾りには精緻《せいち》な図柄が彫ってある。

表裏にそれぞれ対《つい》のように、銀の鶏《にわとり》と、誇らしげに花弁をひらいた一輪の花。

綾芽は目を丸くして、それから顔をほころばせた。

「これは杜若ではありません。きっと菖蒲《あやめ》です」

綾芽に贈るものだから、二藍は同じ響きを持つ名の花を彫ってくれたのだ。短刀をもらった昨夜は暗かったし、二藍は黙っていたから気づかなかった。教えてくれたらよかったのに。

あまりに頬《ほお》が緩《ゆる》んでいたからか、十櫛が説明を求めるような視線を向けてくる。慌《あわ》てて綾芽は言った。

「わたしはその……菖蒲の花がことさら好きなのです。二藍さまが覚えていてくださったのが嬉しくて」

「なるほど。この短刀はお前のために、殿下が特別にあつらえた品なのだな」

十櫛はまじまじと笄子を見やる。

「それにしても見事な細工だ。とても女嬬《にょじゅ》に渡すようなものではないが……」

綾芽はぎくりとした。確かに美しい図柄だし、実際に二藍は、女嬬の梓へ用意したのではない。妻である綾芽に贈ったのだ。

しかし十櫛は独り言のようにつぶやくだけだった。

「あの御方にも、そのくらいの心はあるのだな」

「え？」

「さ、参ろう。早いほうがよい。あれが寄ってきても困る」

あっさりと綾芽に短刀を返して、ほら、とすこしさきを目で示す。綾芽もそちらを見て、思わず身体を固く強《こわ》ばらせた。

桃危宮の築地塀と回廊の間は広い通路になっていて、よく見渡せる。五十歩ほど行ったさきで、黒いものがさまよっていた。人くらいの大きさで、猿のように背を丸めて、両手をだらりと前に垂らしている。背を向けているから顔は見えないが――。

「あまり見ない方がいい」

十櫛に、両目の前に掌《てのひら》をかざされた。

「……あれが疫鬼なのですね」

「そうだ。こちらに気づかれると近づいてくる。その前に参ろう」

十櫛はゆっくりと足を踏みだす。綾芽は短刀を抜き放ち、十櫛のうしろにぴたりとついた。徘徊《はいかい》している疫鬼と目を合わせないようにしながら、警戒を怠《おこた》らずにそろりと歩く。

「あの」

「なんだい？」

「建物がこんなありさまでは、中にいた人々も無事ではなかったはずです。その……」

この未来の悪夢で、綾芽は壊れた建物だけでなく、ここで死んだ人々の姿をも見ることになるのだろうか。

「心配ない。今の我らには、ほとんどの死体は見えぬと思ってよいだろうな」

「そうなのですか？」

「夢現神が死体を見せるかどうかは祭主によるというよ。こたびはそれほど生々しい悪夢ではないようだ。わたしもほっとしたよ、血は苦手なのだ」

十櫛が笑って、綾芽も胸をなでおろした。

それに、と外れかかった回廊の扉に手をやり十櫛は続ける。

「この夢は、斎庭を災厄が襲った直後ではないな。もっと刻《とき》が経《た》っている」

綾芽も腐り落ちた柱のかけらに目を落とした。礎石《そせき》の間から草が生えている。傾いた檜皮葺きの屋根を、苔《こけ》が覆っていた。確かに荒れ神が桃危宮を破壊していった日から、すくなくとも数年は経過していそうな気配だ。

「夢現神が見せるのは、必ずしも祭主が死んだまさにそのときではないのだそうだよ。死体がないのは、それもあるかもしれない。血を見なくてよかったが――」

十櫛は綾芽に痛ましげな目を向けた。

「これはこれで、お前には辛《つら》いな」

「いえ、大丈夫です」

綾芽は笑みを浮かべてみせた。「たかが幻ですから」

鮎名や、膳司《かしわでのつかさ》の者たちを見つけて抜けだしてしまえば、すぐに忘れられる。

「心の強い娘だ。……ますますあの御方が恨めしい」

十櫛はふと顔を曇らせる。どういう意味か問い返そうかと綾芽が考えたときだった。

「誰かいるの？　人なの？」

若い娘の声がして、綾芽も十櫛も顔をあげた。

拝殿の南面、回廊に囲まれた白砂《しろすな》の広場に娘がひとり、両手を握りしめてこちらを窺《うかが》っている。

「あなたたち、どこから入ったの？　もしかして助けに来てくれたの？」

敷きつめられた砂の白に、ぽつりと浮かぶ衣の赤。服装から見て膳司の者だ。綾芽は目を丸くひらき、一歩二歩と歩み寄った。

「あなたは膳司の者か。膳司のみんなは無事なのか？」

「生きてるかっていうなら、まあ生きてるわ」

まだ怯《おび》えたようにこちらを見やりながら、娘はうなずいた。

「疫鬼に襲われないように台盤所《だいばんどころ》に引きこもって、疫神に捧《ささ》げる神饌《しんせん》を作ってるから」

台盤所は、桃危宮内にある配膳のための官衙である。須佐《すさ》たちはそこに詰めているはずだった。

強ばっていた肩がふっと軽くなる。そうか、生きている。膳司の人々はまだ無事だ。

「よかった……」

「よくないわよ！　神饌を運んでいった子はひとりも帰ってこないんだから。行ったっきりよ。きっとどこかで疫鬼に喰われちゃったのね」

「喰われた？」

青くなると、娘はますます声を強めた。

「そう、他の子が喰われるところを見たもの。疫鬼はね、人を襲うの。まずは喉《のど》に嚙みつく。そうすると苦しくて、口を大きくひらいちゃうでしょ。そこから身体の中に入りこむのよ。中身を食い荒らして、全部食べちゃって、巣にして、一族を増やすの」

ひとつがふたつ、ふたつがよっつ。

「すぐに数えきれないくらいに増える。そうしたら人の身体はもう用なしよ。新しい獲物を探して風に乗る。吹かれて飛んでいく。この花びらみたいに」

憑《つ》かれたように口を動かす娘の唇に、桜の花弁が張りついた。娘は気にした様子もない。

「疫鬼は人を喰らいたいの。喰わなきゃ生きていけないから、だから台盤所の中にも入ってこようとするの。しっかり戸締まりしていてもね、だめなのよ。戸の向こうから、恋人とか、家族とか、大事な人の声でささやくのよ。『あけて』、『あけて』って」

ねえお願い、わたしを入れて。この戸をあけて――。

娘は両手の掌を合わせて、うっすらと微笑む。

「一度ね、母さまの声がするって言った子が戸をひらいちゃったわけ。もちろんその子の母さまなんていなくて、待ってたのは疫鬼よ。それを見たあの子の悲鳴といったらひどかった。耳にこびりついて忘れられない」

綾芽は身震いした。母の声を聞いた娘の喜びと、戸口に待ち構えていたものを見た絶望はいかほどだったか。

「まあこのときは、誰も死ななかったけれどね。入ってこようとした疫鬼は、女舎人《おんなとねり》が斬ってくれたの」

「千古《ちこ》さまか？」

「そんな名前だったかも。どうでもいいわ。だってわたしそのとき、もう無理って思っちゃったの。こんなところにはいられないって思っちゃったの。閉じこめられてから何度神饌を作ったかしら。六度、七度？　でもなにも変わらない。誰も助けに来てくれない。神饌を運んでいった子も誰も帰ってこない」

綾芽と十櫛は顔を見合わせた。妃宮が桃危宮を封じてから、まだ一日も経過していない。なのにこの娘は、朝と夕に捧《ささ》げる神饌をもう六度は作ったという。

『夢のうち』では、すでに三日は経っている。

「刻の流れが外と違うのでしょうか」

「そのようだな。中にいる者は、わたしたちが考えるよりもはるかに長く閉じこめられていると感じているらしい」

それじゃあ、みなおかしくなってしまうではないか。綾芽は焦《あせ》りを覚えつつ、娘に問いかけた。

「もしかしてあなたは、このままじゃ埒《らち》が明かないと思って台盤所から飛びだしてきたのか。それでこんなところに？」

「そうよ。妃宮を信じて籠《こ》もっていろとみんな言うけど、わたしはもうやめたの。妃宮はどうせ、わたしたちみたいなどうでもいい女官の生死には興味ないんだわ。だから出てきたの。自分で逃げ道を探そうと思って。みんながとめようとするから、ぶん殴ってやったわ。ああ、でも」

娘はぺたりと座りこんだ。煤《すす》に汚れた表着《うわぎ》が白砂の上に力なく広がる。

「わたしが正解だったわね。あなたたちが助けにやってきてくれたんだもの。ねえそっちの女孺のあなた、わたし疲れちゃったの。支えて立たせてくれる？」

「わかったよ」

綾芽はやれやれと短刀をしまった。

綾芽たちのもとまでものの十歩なんだから、こちらに来てから座ればよかったのにとは思うものの、ずっと気を張りつめていただろう娘にそんなことも言えない。それにもしかしたら、異国の装束《しょうぞく》を着た見知らぬ男を警戒しているのかもしれない。十櫛のそばにいれば疫鬼は寄ってこないからかえって安心なのだが、娘はそれも知らないのだ。

「待て」

歩きだそうとした綾芽の袖《そで》を、十櫛が強く引っ張った。つんのめりそうになった綾芽は振り返る。十櫛は厳しい顔で娘を見つめていた。綾芽の袖を握ったまま。

「……どうなさりました？」

問うた綾芽に答えず、十櫛は娘に尋《たず》ねた。

「娘よ、なぜお前の方がこちらに来ない？」

「疲れちゃったの。もう一歩も歩けない」

「ならばわたしが立たせてやろうか。わたしは男ゆえ力もある、背負ってもやれるぞ」

「嫌よ、得体の知れない男になんて近づきたくもない」

あまりに失礼な言いように、綾芽は焦って口を出した。

「なんてこと言うんだ。この御方は、あなたたちを助けるために来てくださったやんごとなき御方なんだよ。八杷島《やはじま》の――」

「八杷島の王族の血でしょ！　知ってるわよ！」

間髪《かんはつ》をいれずに娘は叫んだ。

だったら――と返しかけて、綾芽は言葉をなくした。

『知っている』？

瞬《また》く間に自分の顔から血の気がひいていくのがわかる。十櫛を見れば、そっと綾芽を手招いていた。綾芽は声もなく従って、十櫛の背後に身を隠す。

「なによ、どうしたのよ！」

娘が眉をひそめて叫ぶ。綾芽は短刀を抜こうと柄《つか》を握りしめる。手が震えてうまく抜けない。

「ねえ、どうしちゃったのよ」

「ごめん、あなたは助けてあげられない」

「どうして？　見捨てるの？」

そうじゃない、救いたかったのだ。でも遅い。

「……聞かせてくれ。どうしてあなたは、この御方が十櫛王子だと……八杷島の王族の血を引く方だと知っていたんだ？　斎庭で働く膳司の女官なのに、なぜ斎庭の外でひっそりと暮らしていらっしゃる十櫛さまを、すぐに王族だと見抜けたんだ？」

「え、だってそれは……」

娘は口ごもる。ようやく短刀が引き抜けた。綾芽は両手で構えて、声を絞りだした。

「それは、あなたがもうあなたじゃないからだ。八杷島の血を知る者が、あなたのふりをしているからだ。疫鬼に喰われた娘を見たと言っていたけど、あなた自身のことだろう？　だからあなたと偽《いつわ》っているのは……」

ふらり、と娘は立ちあがった。

目をかっと見開いているのに、口元には力のない笑みが浮かぶ。

その口から、ほろり、ほろりと白いものがこぼれでる。はらはらと落ちてゆく。

桜の花びらだ。

娘は笑みを浮かべたまま、口から桜の花びらを吐いている。

綾芽と十櫛は後ずさった。

「梓、逃げるぞ！」

と十櫛が叫ぶと同時に、娘の口から大量の花びらが吐きだされた。花は瞬く間に黒く染まって落ちてゆき、地に触れるとむくむくと膨《ふく》れあがる。

妙に長い手足、丸まった背、ざわざわと毛並みがざわめく漆黒《しっこく》の塊《かたまり》。

綾芽は回廊の門を目がけて駆けだした。前だけを見て走るべきとわかっていた。なのに、どうしても振り向いてしまった。

いまや白砂の上には、散った花から生まれた何十という疫鬼が蠢《うごめ》いている。

その中央で、娘が崩れ落ちていくのが見えた。

事切れて、白目を剝《む》いて。

足に力が入らなくなり、綾芽はよろめいた。あっと思ったときには、十櫛とのあいだに距離がひらいてしまっていた。

疫鬼の目が一斉に綾芽に向かう。綾芽は小さな悲鳴をあげた。

疫鬼の顔は、どんな生き物とも似ていなかった。

赤い瞳が横にふたつ、縦《たて》にもふたつの四つ。それがまったく別々に、ぎょろぎょろと動いている。裂けたような大きな口には、尖った歯がびっしりと並んでいた。

その歯を剝いて、疫鬼が飛びかかってきた。

綾芽は叫びながら、短刀を滅茶苦茶に振った。最初に覆いかぶさってきた疫鬼の身は、刃《やいば》が横切ったとたんに何千何百もの黒い桜の花びらに変わる。霧のように消えていく。奥から第二第三の疫鬼が迫る。綾芽の喉笛に食いつこうと長い手を伸ばす。

あとはなにも覚えていない。

うっすらと記憶にあるのは、刃をひたすら振り回したこと、すぐに十櫛が戻ってきて、手首を摑んで立ちあがらせてくれたこと。息があがり、吐きそうになっても走ったこと。

気づいたときには、綾芽はまた南門の桜の下に戻ってきていて、膝《ひざ》に両手をつき、肩で息をしていた。

「……死ぬかと思ったたな、梓よ」

崩れるように座りこんでいた十櫛が、ようやく言った。一度膝をついたら、立ちあがれなくなったらしい。綾芽は滲《にじ》む涙を押さえこんで、深く頭をさげた。

「申し訳ありません！」

「いやいや、いいんだよ。わたしが死ぬかと思ったのは、こんなに走ったのが生まれて初めてだからだ」

いやはや、と十櫛は頭を掻いた。それからすこしだけ声を低めた。

「残念だったな。あの娘は」

「……仕方ありません。あの子が妃宮を信じきれず、外に出たのが悪かったのです」

綾芽は短刀の柄を握りしめ、自分の胸に言い聞かせた。

もう手遅れだった。あの娘の思考は疫鬼に侵《おか》されて、すでに死んでいるのに等しかった。死人を生き返らせることは、いかに物申《ものもうし》の力をもってしてもできない。

「しかし困ったな。これではまっすぐ拝殿に抜けるのは無理だ」

十櫛はちらと回廊の門を見やった。壊れた扉の隙間から、疫鬼の黒い身体が見え隠れする。数十はくだらないだろう。ときおりこちらにぎょろりと視線が向けられているのが、ちらちらと光る赤からわかる。

当初の予定どおりに回廊を抜けるのがもう不可能なのは、火を見るより明らかだった。

「どうする、梓。桃危宮の造りをわたしは知らぬ。拝殿に至る別の道を示してくれるとありがたいが」

綾芽はゆっくりと息を吐きだして、気持ちと考えを整えた。膝から手を離し、まっすぐに身を起こす。

「お許しをいただけるのならば、まずは台盤所に向かおうかと思います」

「さきほどの娘が、みなが籠もっていると申したところか」

「はい。拝殿にゆくには、回廊の外を東か西に迂回《うかい》せねばなりません。東なら桜池を、西ならば妃宮の御座所殿や官衙が立ち並ぶ方を。わたしは西に向かいたいのです。そうすれば台盤所に寄れます。まだ生きている者を助けられるし、この『夢のうち』の状況だってもうすこし摑めると思うのです」

早く須佐や千古を安心させてやりたい。それこそ覚悟を決めていた鮎名よりもずっと、恐怖に耐えているはずだから。

——それに。

綾芽は脳裏に残った、疫鬼に喰われた娘の姿を思い起こした。

「なるほど。さきほどの娘の死を無駄にしたくない。お前はそう思っているのだな」

見透かされて、綾芽は顔を赤らめた。そのとおりだ。せめてあの娘が飛びだしたことにだって意味があったのだと信じたい。勝手な思いこみだとしても。

十櫛は物思うような表情を浮かべて綾芽を見つめている。

「あの、なにか」

「いや、お前は優しい娘だな。さきほどの娘も浮かばれる」

「もったいないお言葉です」

綾芽は複雑な気分で頭をさげた。なにを言うのだろう。この程度の優しさや感傷など、誰だって持ち合わせている。

十櫛は独り言のように続けた。

「帰るとき、お前だけでも連れていってやれたらと思っていたが……そのときが来たとして、きっとお前は望まなかったのだろうな」

綾芽は目を瞬かせた。「帰る？　どこへです？」

十櫛は返事をしなかった。「よし」と両手を地面につけると、「足が痛い」だの「力が入らない」だの大騒ぎをしながら立ちあがる。

「少々身体を鍛えねばならぬな。まあでも、どうにか歩けそうだ。よし、参ろうか。台盤所に連れていってくれ」

回廊の外側に沿ってぐるりと西へ回りこむと、拝殿が横から窺えるようになった。そうして初めて、この立派な御殿が大きく崩れていると綾芽は知った。正面からはわからなかったが、北西の屋根に大きな穴があいている。折れた柱が天を仰ぎ、呆然と立ちすくむように残っていた。

十櫛は考えるなと言ったが、綾芽はつい、いったいどの神がこの惨状を招いたのかと考えこんでしまった。

拝殿の裏側が破壊されているのだから、神は拝殿か、裏の殿舎で暴れたのだ。拝殿の裏には神をもてなす殿舎がいくつも並ぶ。その中には、玉盤神《ぎょくばんしん》を降ろすためだけに建てられた玉壇院《ぎょくだんいん》もあった。

まさか、玉盤神が滅国《めっこく》を命じたのだろうか。滅国の命《めい》が下されれば、一夜にして都は灰燼《かいじん》に帰《き》すというから、ここまで荒れ果ててもおかしくない。それとも獣神が暴れ回ったか。地脈の神が地震を起こしたのかもしれない。

なんにしても心は暗くなる。西の殿舎を結ぶ渡殿《わたどの》に至るまで、黙々と歩いた。途中で数匹の疫鬼と鉢合《はちあ》わせた。綾芽は今度は気をつけて、十櫛から決して離れないように疫鬼の横を行き過ぎた。

十櫛のおかげで、どの疫鬼も襲いかかってはこない。ただその目はねっとりと綾芽の姿を追っていた。すこしでも隙を見せれば、喰らってやるつもりなのだ。花びらを吐きだし死んでいく娘の姿が脳裏をよぎる。綾芽は努めて振りはらった。

拝殿の西側の官衙群には、目立った破壊の跡《あと》はなかった。ただここにも廃墟となって時間が経った証《あかし》として、雨が溜まって屋根が腐ったり、渡殿が陥没したりしているところが多々あったし、美しく整えられていたはずの壺庭は苔と草に覆われている。

桜の花びらはどこからともなく舞い落ち続けていた。近くに桜の木などなくとも、水たまりにも、苔むした床板の上にも、ひとつ、またひとつと降りつもる。あたりを白く染めてゆく。

「『夢のうち』から出られないと悟った亜汀良《あてら》の王が、自《みずか》ら扉に頭を打ちつけて死んだというのもわかります。こんなところにずっといたら、頭が変になってしまう」

「本当だな」

十櫛は疫鬼に警戒しているのか、言葉すくなだった。

砂を被《かぶ》った軒廊を越えてしばらくゆくと、ようやく台盤所が見えてきた。漆喰《しっくい》塗りで、縦格子《たてごうし》の嵌まった窓がいくつかと、戸がひとつの建物である。戸は閉じきられ、窓も筵《むしろ》でぴったりと塞《ふさ》がれているので中の様子は窺えないが、屋根にあいた小さな穴からは煮炊きの煙があがっている。すくなくとも誰かは生きているのだ。綾芽は安堵《あんど》の息を吐いた。

台盤所の周りには、人の匂いを嗅《か》ぎつけた数匹の疫鬼が張りついていた。しかし十櫛の姿を見ると、そろそろと離れていく。

綾芽は閉めきられた戸の前に駆けていって、何度も思いきり叩いた。

「須佐！　千古さま！　誰かいるのか？　あけてくれ。助けに来たんだ！」

「……梓？」

中から声がした。綾芽は息を呑み、すぐに身体の力が抜けそうになって戸に寄りかかった。紛《まぎ》れもない須佐の声だ。よかった、生きていた。

「須佐、無事なんだな？　早くあけてくれ。わたしは――」

「あっち行きなさいよ疫鬼！」

どん、と内側から戸が強く叩かれて、綾芽は転げそうになった。

「梓のふりなんかするんじゃないわよ！　あの子がここにいるわけないじゃない！」

「いや、何言って……」

よろけた綾芽の肩を受けとめた十櫛が、落ち着いた声でささやいた。

「さきほどの娘が申していただろう。疫鬼は人の真似をして中に入ろうとすると」

「そういえば……」

確かに死んだ娘は言っていた。疫鬼は親しい人の声で惑わす。ただでさえ恐怖にさらされた女官たちを嘲《あざけ》るように。

「疫鬼が人の言葉を操るとは思えぬ。おそらく中にいる者が聞いているのは、幻聴の類《たぐ》いだろうが」

十櫛が言う間にも、須佐の金切り声は続いた。

「母さまや父さまの真似じゃあ入れてもらえないとわかったから、今度は梓の真似に切り替えたわけ？　残念だけど騙《だま》されないんだから！」

　そうだそうだと、何人かの女官の声もする。とても戸をあけてくれる気配はない。困り果てたとき、女官のあいだから比較的冷静な声があがった。

「待って。声はふたりぶんじゃない。ふたりの声が一度にしたこと、今まであった？」

「ないですけど、疫鬼が二匹で協力してるんですよ、きっと！　だから……ああ千古さま、やめてください、窓から疫が入りこみます」

「大丈夫、ちょっと確認するだけだよ」

　戸から一番離れた窓の方で音がした。疫鬼が入らないように張られた筵がすこしめくりあがって、見覚えのある整った目元がちらりと覗《のぞ》く。

　綾芽は駆け寄って、声を嗄《か》らして叫んだ。

「千古さま！　わたしです、梓です。助けに来たんです」

　千古は黙っている。その目が十櫛に向けられたのに気づいて、綾芽はすぐに言い足した。

「こちらは八杷島の十櫛さまです。十櫛さまには疫鬼が寄ってこないから、それで助けてもらっているんです！」

　千古の目が見定めるように細まる。たっぷり数拍をおいて、千古は声を和《やわ》らげた。

「梓と十櫛さま、よく来てくださいました。……そこのあなた、戸をあけて。十櫛さまたちを中にお入れしよう」

　中から悲鳴があがる。

「なにを言っているんですす千古さま！　疫鬼に決まってます！」

「いや、人だよ。わたしたちは助けをずっと待っていたでしょう。ようやく待ちわびたものが来たんだ」

「嘘です！　わたしは絶対認めませんから！」

「だったら出ていって」

　千古の声は冷ややかだった。「わたしの判断に従ってもらうって約束だったでしょう」

　女官らがざわめいたのがわかる。さきほど反対と言った声が、ますますとげとげしく言いたてた。

「きっと千古さま、頭がおかしくなってしまわれたのだわ。ねえ、須佐だってそう思うでしょう？」

「え、でもわたしは……」

「もういい。須佐、その子の口を押さえていて。わたしがあけるから」

　千古の声が再び聞こえて、息をつめた綾芽の前で、戸がごとごとと音を立てる。

　今までとは比べものにならない悲鳴が響いた。もみ合うような気配と怒声が続き、固いものが土間に叩きつけられる音がする。

なにが起こってるんだ。綾芽が後ずさったのと同時に、戸ががらりとひらいた。

立っていたのは千古だった。十櫛に対して丁寧《ていねい》に頭をさげる。

「お待たせして申し訳ありません、十櫛さま」

千古の声は落ち着いていたが、綾芽は青ざめた。千古は腕を押さえていて、袖は赤く染まっている。台盤所の突き固められた土間には血で汚れた短刀が落ちていた。まわりに須佐と女官が幾人か、腰を抜かしたように座りこんでいる。

うちのひとり、若い娘がわなわなと立ちあがる。両手を血に濡らしたまま、目を剝いて駆けだした。気圧《けお》された綾芽の横を恐ろしい形相《ぎょうそう》で駆け抜けて、渡殿の向こうへと消えていく。

娘の背を、遠巻きに見ていた疫鬼が数匹、ひょこひょこと追いかけていった。

「待って！」

このままでは、あの子は襲われてしまう。とっさに追おうとした綾芽の腕を、十櫛が強く摑んだ。

「どこに行く！　お前まで喰われるぞ！」

「でも、連れ戻さないと死んでしまいます！　十櫛さまも一緒に来てくだされば」

「お前はどちらを救いたいのだ」

腕を揺さぶられて、綾芽は口を結んだ。台盤所の土間では、青い顔をした須佐や女官たちが震えている。千古はしっかりと立っているが、眉は痛みを我慢して歪んでいた。

「追えばあの娘は助けられる。だがこちらの娘たちは喰われてしまう。お前はどちらを守りたいのだ。よく考えろ」

「どちらもは……選べないのですか」

「選べぬのだ」

十櫛は静かに綾芽の腕を放した。

綾芽はその場に立ちすくんだ。やがて、のろのろと十櫛に頭をさげた。

「台盤所にお入りください、十櫛さま」

台盤所にいたのは、膳司《かしわでのつかさ》の女官のなかでも特に若い娘が多かった。すこしでも生き延びられるように、鮎名は体力のある娘をこの役目に選んだのだ。

「さっきの子はね、あんたたちを台盤所に入れようとした千古さまに斬りかかったのよ」

板間へのあがりぐちに座りこんだ綾芽の隣に、須佐がちょこんと座った。

「なんとか千古さまは払いのけたけど、普通の人なら刺されて死んでた。だから仕方ないの。あの子が招いたことだから、気にしないで」

　土間の釜から汲《く》んだのだろう、白湯《さゆ》を渡してくれる。綾芽は両手でうけとって、ゆらぐ湯気に目を落とした。救いにやってきたのに慰《なぐさ》めてもらっているなんて、情けなくてしょうがない。

「あんたが来てくれてよかった。助けをずっと待ってたの。さっきは偽者《にせもの》だなんて言ってごめんね」

「いいんだよ」と綾芽は静かに首を振った。

「いろんな人の声が聞こえてくるんだろう？　十櫛さまは幻聴だと仰っていた。疫鬼は心の弱いところに忍びこんでくるんだって。だから偽者だとわかっているのに、戸をあけてしまうんだって。わたしは須佐に疑われてむしろ安心したよ。須佐はまだ気持ちがしっかりしてるんだ。さすがだな」

「あんたがわたしを褒《ほ》めてくれるなんて珍しいわね」

　須佐は肩をすくめて、綾芽の白湯を横取りして一口飲んだ。

「……ねえ、さっき言ってたじゃない。桜の花びらを吐いて死んだ子に会ったって。ここを最初に飛びだしていった子かしら。妃宮なんてもう信じられないって」

「たぶん」

そう、と須佐はうつむいた。「死んじゃったのね」

その横顔が急にやつれて見えて、たまらず綾芽は声を強めた。

「これ以上は誰も死なせないから。帰る方法はわかってる。妃宮に会えばみんな戻れる。だからもうちょっと頑張ってくれ」

須佐は目をぱちくりとさせて、困ったような笑みを浮かべた。

「帰れるといいんだけど」

あまり期待していない様子だ。半信半疑なのだ。三日ものあいだ、ここに閉じこめられて疫鬼に怯え、果てには親しい人を騙《かた》る甘い声を聞かされてきたのだから、無理もない。

「大丈夫。わたしは信じてるよ。というか、信じるしかないんだしね」

十櫛に手当てを受けていた千古が言った。座り直して、十櫛に丁寧に礼をする。

千古と十櫛が顔見知りで助かったと綾芽は思った。貴人をお守りするのが本務の千古は、十櫛とも面識があるのだ。

「妃宮がどこにいらっしゃるのか、千古さまはご存じですか？」

「疫神への神饌は拝殿に運ぶようにとのお申しつけだったけど、正直わたしもよくわからない。桃危宮はこのありさまでしょう？」

綾芽は黙ってうなずいた。拝殿があれほど崩れかけている現状だと、鮎名もどこか他に祭祀《さいし》の場を移しているかもしれない。

　須佐が息を吐く。

「今まで七度、拝殿へ神饌を持っていったのよ。それぞれ籤《くじ》で選ばれたひとりが、合計七人。でも誰も帰ってこない。だからなんにもわからないの。妃宮がどこにいるのかも、疫神がどこでもてなされているかも。……運んでいった子がまだ生きてるのかも」

「神饌を持っていく途中で疫鬼にやられたわけではないのだな」

　十櫛の問いかけに、考えにくいでしょう、と千古は答えた。

「疫神への神饌を運ぶ者は、祭祀に関《かか》わる者。それで疫鬼も襲わないようです。運び手に疫鬼が寄ろうとするのを何度も見ましたが、一定の距離よりは近づけないようでした」

　疫神に捧げられるものだから、眷属《けんぞく》である疫鬼は手が出せないのだ。

　それに、と千古は続けた。

「もし神饌が届いておらず、祭礼が滞《とどこお》っていれば、疫神は今など目ではないほど力を増しているはずです。疫鬼がまだおとなしく、我らがなんとか生きながらえているのですから、つまり神饌は無事に受け渡されている」

　祭礼は進んでいる。鮎名はすこしずつでも三兄神《さんけいしん》を鎮《しず》めている。諦《あきら》めず、絶望もせず、この桃危宮のどこかで。

「しかし妃宮がどちらにおいでになるのかの手がかりはなしか。どのようにお探ししようか。お前たちを置いていくわけにもいかぬが、わたしの血をもってしても、一度にこれだけの数を守れるかというとおぼつかないし」

袖の中で腕を組んだ十櫛を眺めているうちに、綾芽の頭に、ひとつの考えが浮かんだ。

「――ねえ、本当に大丈夫なの？」

不安げに振り向きかけた須佐の背を、綾芽は左手でそっと支えた。

「心配ないから前を見て進んで。床が剝《は》がれていて危ないんだ。須佐が転げて神饌がひっくり返ったら、みんな喰われてしまう」

神饌を載《の》せた折敷《おしき》を捧げ持った須佐はぶるりと身体を震わせて、それでもなんとか唇を噛んで前を向いた。綾芽は須佐の背を守るように足を進める。手には抜き身の短刀を握りしめている。

綾芽の背後には怯えた女官が四人、太刀《たち》の柄に手をかけた千古の周りに身を寄せていた。そのさらに後方、最後尾に十櫛が続く。

台盤所に残っていたすべての女を連れて、綾芽たちは拝殿へ向かっている。

「殿《しんがり》を務めていただいてしまい、まことに申し訳ありません、十櫛王子」

気まずそうな千古に、十櫛は笑って答えた。

「いいんだよ。気にしないでくれ」

崩れた柱の陰では疫鬼が物欲しげに首を伸ばし、別々の生き物のように動く四つの瞳をせわしなく動かしている。しかし近づいてはこなかった。

「確かにこれなら、どうにかみなを守れるな。梓の言ったとおりだ」

十櫛に褒められて、綾芽はわずかに頬を緩めた。

疫鬼は神饌を持つ者を襲わないと聞いて考えた。十櫛と神饌を運ぶ者で挟むようにすれば、間にいる人々も守られるのでは？　それで須佐たちに神饌を用意してもらった。今のところ、期待どおりにうまくいっている。

（あとは、なるべく近いところに妃宮がいらっしゃればいいんだけど）

絶え間なく舞い落ちる花びらを払い、綾芽は拝殿の大きく抉られた屋根を見あげた。

無事に軒廊《こんろう》を過ぎ、いくつもの殿舎の縁をゆき、崩れた箇所を迂回して、なんとか一行は拝殿に続く渡殿にまでたどり着いた。

簀子縁《すのこえん》の上には埃《ほこり》が厚くつもっていて、足跡がいくつか残っている。さきに神饌を運んだ女官のものだろう。

綾芽はすばやくあたりを見回した。拝殿には、廃墟が醸《かも》しだす昏《くら》い静寂《せいじゃく》が満ちている。

「妻戸《つまど》も蔀戸《しとみど》も全部しまってる。中の様子は入ってみないとわからなそうだ。普通なら、南の廂《ひさし》から行くけど」

「無理よ」

と須佐が泣きそうな声で言った。「疫鬼がめちゃくちゃいるじゃない」

確かに、さきほどの娘が死に際《ぎわ》に吐きだした疫鬼が、拝殿の南で黒々と蠢いている。

うしろから千古も口を出した。

「南はやめた方がいいね。危険だし、もし妃宮が拝殿にいらっしゃるなら、そちらの扉は全部閉めきったでしょう。北に回ろう、梓」

「そうですね」

綾芽は沈んだ声で答えた。徘徊する疫鬼の黒の向こうに、さきほどの娘がぽつんと倒れているのが垣間《かいま》見《み》える。

ぐっと耐えて、須佐を導く。共倒れするわけにはいかないのだ。

「千古さまの言うとおりだ。北の廂に回ろう」

屋根が落ちて瓦礫が散乱した西廂を避けて北に向かう。北東の妻戸は簡単にひらいた。

注意深く足を踏みいれると、屋根が抜けているからだろう、かつての白木の拝殿は、風雨にさらされ土と砂にざらついている。終わらぬ西日が壊れた屋根から差しこんで、一面を朱色に染めあげていた。

やはりどこからか、はらはらと花びらが降ってくる。夕日に赤く染まっている。

須佐がつと足をとめてささやいた。

「なんか、気配がするわね」

「そうだな」

しん、と静まりかえっているのは外と同じだが、誰かの、なにかの気配が肌に感じられる。それが疫鬼なのか、人なのか、死体なのかはわからないが。

綾芽のうしろに身を寄せていた女官が急に、ひ、と息を呑んですがりついてきたので、綾芽は危うく悲鳴をあげそうになった。

「……どうした？」

なんとか声を低めて尋ねると、あれ、あれ、と女官はふるふると、拝殿の中央、神が座すべき御座《おまし》のうしろあたりを指す。

衣が落ちていた。文様が織りこまれた、濃紺色の見事な表着《うわぎ》だが、今はぞんざいに床にうち捨てられている。最後のとき、誰かが落としたのか。

いや、よく見れば単なる衣ではない。埃と花びらにまみれてもなお鮮やかな衣の下から長い髪が覗いている。長い歳月と風雨によって色の抜けてしまった黒髪が。

これは人だ。死んだ女だ。

綾芽はわななくように息を吸って、一歩二歩と歩み寄った。

「……さっきいなくなった娘か？」

違う。自分で言っていて、絶対に違うとわかっている。装束が立派すぎる。

ならば神饌を運んだ女官の誰か？　それもない。

なぜならこれは、この装束は――。

「いやよ、そんな……」

須佐の捧げ持った折敷の上で、椀がかたかたと震えだす。

綾芽も須佐も、誰もが悟っていた。

これは鮎名だ。わたしたちが探し求めた斎庭《ゆにわ》の主《あるじ》――。

「待て、そうじゃない、違う！」

十櫛が慌てて声をあげるが、誰の耳にも入らなかった。みなの瞳に、台盤所から逃げていった娘と同じ恐怖の色が宿っている。拝殿の暗がりで、遠巻きにこちらを見つめる疫鬼の赤い目が、俄然《がぜん》生き生きと光りはじめた。

喉が引きつるように音を立てたときだった。

「落ち着け。それはわたしじゃない」

頬をはたかれたように、誰もが顔をあげた。

「夢現神が見せるただの幻だ。心を奪われるな。わたしは生きている」

今にも折敷を投げだしそうだった須佐も、それを震えながらなんとか押さえつけていた綾芽も、悲鳴が喉元まで溢《あふ》れかかっていた女官たちも、はっと我に返った。

声がした方に目をこらす。神の昼御座《ひるのおまし》として整えられた厚畳《あつじょう》の隣に、塗籠《ぬりごめ》になっている夜御殿がある。その妻戸がわずかにひらいている。

そこに、太刀を抱えた女が立っていた。

緑なす豊かな髪はぞんざいにまとめられ、艶《あで》やかな顔はやつれている。重ね着ていたはずの装束は脱ぎ捨てられて、そこらの女孀のように身軽ななりだった。

しかし身のうちから滲む強い意志にいっさいのゆらぎは感じられない。

確かにこの斎庭の主。妃宮たる鮎名の姿だった。

「妃宮！」

須佐が涙目で駆け寄ろうとする。鮎名は手で留めて、綾芽や十櫛を見やって苦笑した。

「なんだか予想しなかった者までいるな」

「お迎えに参ったのです、妃宮」

つんのめるように言って、急いで綾芽はつけたした。

「大君直々《おおきみじきじき》の仰《おお》せです。こちらの十櫛王子のお力を借りれば、妃宮をお救いできると」

「大君が？　……耄碌《もうろく》されるお年でもあるまいに」

鮎名は苦々しいような、己を恥じたような、なんともいえない笑みを見せた。

まあいい、と隙を窺っている疫鬼にすばやく目をやり、みなを手招く。

「十櫛王子、話はこちらでいたしましょう。どうぞ夜御殿に入られよ」

中に至って、膳 司《かしわでのつかさ》の者たちは喜びの声をあげた。さきに神饌を捧げに向かった女官が、みな揃《そろ》っていたからである。

「神の閨《ねや》となるべく設けられた夜御殿は、三方を白壁に囲まれている。妻戸を閉めてしまえば疫鬼も手を出せない。それで陛下は、こちらに女官を留め置かれたのですね」

十櫛の問いに、そのとおりですと鮎名は息を吐いた。

「神饌を運んでいる間は、疫鬼も女官を襲いません。しかし台盤所に戻るときは無防備です。喰われてしまう」

だからあえてこの夜御殿に籠もらせていたらしい。やはり鮎名は、巻きこんだ女官のひとりも殺すつもりはなかったのだ。祭礼が終わったらきちんと帰れるようにと気を配っていた。

綾芽は安堵するやら、悔しいやらだった。逃げだしたふたりも、最後まで鮎名を信じるべきだった。とはいえこの状況で、飛びだしてしまった気持ちもわかる。もう助けが来ないと思いこんでしまえば、絶望しか残らない。

「ふたりは残念だった」

いなくなった娘の末路を聞いて、鮎名は静かに瞼《まぶた》を伏せた。

十櫛が、「しかし」と口をひらく。

「陛下ご自身は、どうやって疫鬼に襲われずに祭礼を続けておられたのです？」

女ばかりでぎゅうぎゅう詰めの夜御殿の現状に遠慮してか、妻戸の前に十櫛は立ったまま。ときおり戸の隙間から疫鬼の目が覗き、十櫛を見るや音もなく離れていく。

鮎名は傍《かたわ》らの太刀の柄に手を触れた。

「この太刀には、疫除《えきよ》けの呪《まじな》いがかかっているのです。王子のご血統が疫鬼を退けるほどの力はありませんが、ひとりの身を守るくらいならなんとか」

その太刀を佩《は》いて、鮎名は疫神への祭礼を続けていた。神饌を捧げ、三兄神をなだめ、どうにか笠斗《かさと》の邦《くに》から、兜坂《とさか》の地から去ってもらおうと努力していた。

鮎名がふらふらとしたので、慌てて綾芽たちは一度話をとめた。訊けばここ三日、眠らず食事もとらずという。他にもすぐに水を飲ませた方が良さそうな女官が数名いる上に、拝殿は疫鬼が多くて危険なので、綾芽たちは相談して、みなで台盤所に戻ると決めた。目的地が決まっていれば、そう難しい道のりでもない。なるべく疫鬼の影の薄い場所を選んでいけばよい。

台盤所の戸を閉めきって、ようやく息をつく。憔悴《しょうすい》していてもやはり背をぴんと伸ばしたままの鮎名を見て、綾芽は考えた。

この気高い斎庭の主は、祭礼を切りあげて帰りましょうと提案したら、受けいれてくれるのだろうか。

「それでどうなりましたか、三兄神は鎮まってくださったのでしょうか?」

綾芽の問いに、鮎名は悔しそうな顔を見せた。

「すこしはな。だが笠斗から疫を追いだすには遠く及ばぬ。そしてこれ以上は、暁夕《ぎょうゆう》の膳を捧げるだけではどうにも動かせない」

ごめんな、と鮎名の瞳は言っているようで、綾芽はぶんぶんと首を振った。

謝る必要はない。鮎名は全力を尽くした。

神招きをしたからといって、神を――自然を、完全に人の好きに動かせるわけではない。すこしでも人に益ある方へ向けられたなら喜ぶべきだ。鮎名が身体を張ったおかげで、他邦への疫病の広がりは抑えられるだろう。

「それより、恐ろしくはなかったのですか?」

「なにがだ？」

と尋ねてから、鮎名はさきほど綾芽たちが肝《きも》を冷やした鮎名の死体について訊かれていると悟ったらしい。大きく笑った。

「あの死体は最初、拝殿の南廂に落ちていたのだ。さすがに一目でわたしとわかるのでな、神饌を運ぶ者の腰が抜けてしまうだろう？　それで昼御座の裏に引きずっておいたのだが、かえってお前たちを驚かせてしまったな」

そうして優しい目を落とした。

「怖くないと言ったら嘘だが、どうせ夢現神が見せているまやかしだ。わたしはあのような姿にはならないと誓っているから、たいしたことはない」

十櫛が、感心したように手を組んだ。綾芽もさすがは鮎名だと舌を巻く。亜汀良の王は、自らの死体を前に正気を失くしたのに。

「まあわたしも、他人の死体までも目にしたら冷静ではいられなかったかもしれないな。夢現神の見せたのが、自分の死体だけでよかった」

鮎名は忙しく働く須佐たちを眺めて目を細めた。

「それで？　お前はいったいなにをしに来たのだ、梓。祭王は『夢のうち』を生きては抜けだせぬのに、大君はなにをとちくるったことをお前にさせているのか」

「ですから、妃宮をお迎えに参ったのです」

綾芽は、羅覇から聞いた方法を説明した。綾芽が鮎名の手を握り、お戻りくださいと言えば、鮎名も無事に帰れるのだ。

鮎名は、やはり簡単には受けいれてくれそうにもなかった。

「それでは逃げ帰るようなものではないか」

言ったきり黙りこむ。綾芽が困っていると、十櫛が口添えを買ってでてくれた。

「ご安心を、陛下。人を喰えねば疫鬼も飢えて、五日もすれば死に絶えます。それまでこの『夢のうち』が保たれていれば、あなたさまが桃危宮をあとにしても、疫鬼は都に放たれはいたしません」

「わたくしは夢現神《むげんしん》の祭主でもあるのですよ。自らの命と引き換えに玉盤神を招いたのです。勝手に去れば、国に滅国の罰がくだるやもしれません」

「そちらもご心配なく。そもそもこれは、夢現神の理《ことわり》に則《のっと》ったやり方なのです。わたくしの命を懸けてまことだと申しあげます」

「しかし疫神はまだ完全には鎮まっておりません。わたくしにはできることが――」

「お帰りになるのが賢明です、妃宮。怪我《けが》をされているでしょう」

千古が、失礼ながら、と鮎名の足首に触れた。とたん鮎名の眉間《みけん》に皺《しわ》が寄る。

「……ばれていたのか。さすが女舎人の目は騙せないな」

「足を引きずっておられたことなど、すぐに気がつきました。これではもう、祭礼を続けると仰ったところで、おとめせざるをえません。疫鬼から逃げきれぬでしょう」

「……太刀で疫鬼を追い払ったときに、捻《ひね》ってしまってな。こんなことで民に顔向けできようか」

自嘲する鮎名に、綾芽は微笑んだ。

「おできになりますとも。笠斗の者どもは、みな妃宮に深く感謝しておりましょう。どうかお戻りくださいませ」

綾芽が笠斗のみなを代弁するなんておこがましい。でも今だけは許してほしかった。どれほど鮎名が気丈を装《よそお》っていようと、心のうちは、捻った足首以上にぼろぼろだ。この滅んだ未来で民の命を背負い、恐ろしい疫神疫鬼の相手をしつづけた。孤独に、たったひとりで。必ず死ぬさだめと知っていて。

鮎名にだって恐れを吐きだし、泣きくずれるための腕が必要なのだ。優しく慰めて、よくやったと称《たた》えてくれる人が。

その人々は今も桃危宮の外で、恐怖を抑えこんで鮎名の帰りを待っている。

綾芽は両手をさしだした。

「帰りましょう。妃宮も、みんなも」

長い沈黙ののち、わかった、と鮎名は瞼を伏せた。

立ちあがり、綾芽に向かい合う。

十櫛は千古と須佐に、鮎名の衣を摑ませた。他の女官にも、同じように千古と須佐の衣に触れさせる。

そして十櫛は綾芽を見つめた。なにか言いたそうで、でも言葉は出てこない。

「ありがとうございました、十櫛さま」

綾芽が微笑むと、目を逸らし、うつむき、ようやく笑みを浮かべた。

「まだ終わっていない。だが梓、お前ならばやり遂げるだろう。わたしが信じていると忘れないでほしい」

十櫛は、千古の袖の端を握って女たちを見渡した。「準備はよいな?」

みながうなずく。綾芽は鮎名と手を繋いだ。

息を吸って、前を向く。帰るための一言を言葉にする。

「さあ、お戻りくださいませ、妃宮」

閉じきった台盤所に、どこからともなく風が吹いた。

場にそぐわぬ、ひやりとした秋の風だ。その冷たさに導かれるように、鮎名の、須佐の、みなの輪郭《りんかく》がさらさらと滲みはじめた。肌が崩れて、桜の花びらに変わっていく。桜吹雪の向こうにかき消えようとする。

「……帰れるのだな」

向かい合った鮎名の瞳が緩んだのがわかった。

「ええ、みなで戻りましょう」

綾芽も安堵の笑みを返して、瞼を閉じた。そう、悪夢は終わる。この長い夢から覚める。ようやく待っていてくれる人々の、二藍のもとへゆける。次に目をあければ、そこは桃危宮の外だろう。明るく日の差す南門の前だろう――。

凪がやみ、また静寂が満ちた。

肌を刺す違和感に、綾芽は眉を寄せて目をひらいた。

二度、三度と瞬《まばた》いて――みぞおちを殴られたように息ができなくなった。

綾芽が立っているのは、桃危宮の外などではなかった。

台盤所の土間の上だ。なにひとつ変わらない、一歩たりとも動いていない場所。

帰れていない。夢は覚めていない。

（そんな、でも）

愕然《がくぜん》と見回した。目の前に鮎名の姿はない。あんなにしっかりと手を繋いだのに、綾芽の両手は空っぽだ。ぬくもりはするりと消え去っている。鮎名ばかりでなく、須佐も、千古も、十櫛も。

誰もいない。

たったひとりで、綾芽は悪夢の只中《ただなか》に立ちつくしている。

——置いていかれたのだ。

そう気づいて、足元から震えが走った。綾芽だけ取り残されてしまった。ひとりきりで。

なぜ、と呆然と両手に目を落としているうちに、顔から血の気が引いていった。

「まさか……羅覇は、最初からわたしを身代わりにするつもりだったのか？」

鮎名と入れ替わりに、綾芽がこの悪夢に残る。死ぬまで囚《とら》われる。

それこそが、鮎名を助けだすたったひとつの手だったのか？

答えてくれる者はいない。台盤所のすべてが沈黙している。塗りこまれた白い壁も、火の消えた竈《かまど》も、黙りこくって綾芽から目を逸らしている。

どこからともなく紛れこんだ花びらだけが、鼻先をはらりと、せせ笑うように横切っていった。

第五章　桜吹雪に待ち人の声を聞く

朝日が東の空を茜《あかね》色に染め、やがてすっかり明るくなった。

相変わらず漆黒《しっこく》の帷《とばり》に覆《おお》われた桃危宮《とうきぐう》の前で、二藍《ふたあい》はぴたりと閉じた門扉《もんぴ》を睨《にら》んでいた。

綾芽《あやめ》が発《た》って早数刻。

まだ数刻かもしれないが、二藍には恐ろしく長く感じられる。もう我慢の限界で、武官装束《しょうぞく》で身を固め、太刀《たち》を佩《は》き、とめる声を振り切って桃危宮の前までやってきた。どちらにせよ、疫鬼が漏《も》れだしたら誰かが指揮を執らねばならないのだ。

（そのような事態にはならぬと信じているが）

綾芽が失敗するわけがない。あの娘はどんなときだってやり遂げた。覆《くつがえ》してみせた。もはや信じているというよりは、信じたくて仕方ないのかもしれなかった。

ふと二藍は眉を寄せた。

今、門の扉がわずかに動いたような。

門の周囲を守っていた女舎人《おんなとねり》らをかきわけて、足早に門扉に歩み寄る。重い朱色の扉は、見間違いではなくひらきかけていた。

ちら、と緋《ひ》色の長袴《ながばかま》の裾《すそ》が見えた。細い腕が扉の際《きわ》をしっかりと摑み、こちらに足を踏みだす。すぐに白い単衣《ひとえ》の肩口のさきが、瞳に光の宿った鮎名《あゆな》の顔が、目に飛びこんでくる。

二藍は安堵《あんど》で膝《ひざ》の力が抜けそうになった。

――妃宮《きさきみや》は戻ってきた。綾芽はやり遂げた。

鮎名に続いて須佐《すさ》が、千古《ちこ》が、膳 司《かしわでのつかさ》の面々が次々と姿を現す。みな、自分がどこにいるのかわからない様子で門をくぐってくる。それが周りの景色を見るうちに助かったと悟るのか、泣きだす者、ぺたりと座りこんで動けない者、たちまち大変な騒ぎとなった。須佐は大泣きしているし、鮎名の肩を支えていた千古でさえ呆然と立ちすくむ。

ただひとり、鮎名は気丈に二藍を見据えていた。

次々と門から出てくる女官たちから一度目を外し、二藍は鮎名に歩み寄った。綾芽が戻るのをこの目で確認したかったが、まずは斎庭《ゆにわ》の主《あるじ》を労《いたわ》らねば。

「よくぞお戻りになりました、妃宮」

心からの声をかければ、鮎名の瞳が翳《かげ》った。

「大君《おおきみ》にもお前にも、ひどく迷惑をかけてしまったようだ」

「迷惑のわけがありますか。お身体は大事ないですか？　お疲れに見える」

「ちょっと足を捻《ひね》ってしまった。それから、三日三晩寝ていない」

「三日も？　こちらではまだ一日も経《た》っていないのに」

刻《とき》の流れが違うのか。そんな中に閉じこめられて、気がおかしくなりそうだったろう。

とにかく休ませなければ。二藍は義姉《あね》の肩を支えた。

「すぐに、ゆっくりとお休みになれるところへお連れします」

けれど鮎名は、きっぱりと断った。

「わたしはここにいなければ。すべてが片付くまでは」

顔色はくすみ、美しい目元に隈《くま》が浮いているのに、なおも役目を果たさんというのだ。

無茶だと思うものの、二藍も、鮎名がそういう女だとは知っている。だから口調を緩《ゆる》め、穏やかに言い聞かせた。

「あなたが今為さねばならぬのは斎庭の差配ではなく、大君に安心していただくことなのですよ。あの御方はあなたに一目会われたいと、会って己《おのれ》の腕にかき抱《いだ》かれたいと、誰より願っていらっしゃる」

鮎名の決然とした表情が初めて揺れる。背を押すように二藍は続けた。

「こちらは心配なされますな。優れた女官も花将《かしょう》も多くおります。しかし大君のお心を安らかにしてさしあげられるのは、あなたをおいては他におりません」

「……わたしは、疫神を完全には鎮《しず》められなかったよ」

「相手は神なのですよ。あなたが生きて戻ったのなら、それでよい」

鮎名は口元を歪《ゆが》ませる。ほろりと落ちた一粒の涙とともに、「わかった」とつぶやいた。

急に鮎名の重みが肩にかかる。二藍はしっかりと受けとめて、牛車《ぎっしゃ》へそっと促した。

すこし歩いたところで、鮎名ははたと足をとめた。

「いかがなされた?」

二藍が尋《たず》ねても返事はない。ただ鮎名は呆然と自《みずか》らの両手を見やり、怯《おび》えたように門へ振り返った。なにかを失ってしまった、それに今ようやく気づいた――というふうだった。

つられて背後に目をやった二藍の胸に、冷たい予感が忍びいる。

いやまさか。そんなはずがない。

鮎名は誰かを懸命に探している。あたりを固める女舎人の間を。恐怖の只中《ただなか》から突然に抜けだせて、心がついてきていない女官たちの中を。

門を背に、こちらを冷ややかに見つめている十櫛《とくし》のうしろを。

やがて瞳を揺らがせて、二藍を見あげた。

――ああ、言わないでくれ。

二藍は願った。この瞳がなにを告げるのか、聞きたくない。

恐れたとおりの言葉を、鮎名は口にした。

「綾芽がいないんだ。あの子はどこに行ってしまった？」

声が耳に届くやいなや、二藍はぴたりと動きをとめた。

浅く息を吸って吐く。身じろぎもせず。

それから静かに鮎名を牛車の縁《へり》に座らせると、すべての表情が抜け落ちた顔を十櫛に向けて、ゆっくりと近づいた。

「どうなされた、殿下」

「綾芽はどこだ」

「綾芽？」

「梓《あずさ》のことだ。あの者はどこにいる」

凍るような二藍の視線を動じずに受けとめていた十櫛は、ふと眉を寄せた。

「……梓だけでなく、殿下ご自身も仕組みをご存じなかったのか？」

突如血が煮えたぎった。二藍はつかつかと十櫛に歩み寄り、摑みかからんばかりの勢いで睨《にら》みすえた。

「なんの話だ。お前の国の祭官は、みなを助けることのできる手だと申したのだが」

十櫛は目を見開いた。まさか、と言いたげな表情だった。

「本当に殿下は、あの娘が犠牲になるとご存じの上でゆかせたのではなかったのですか」

その声は、ひどく遠くから聞こえるように感じられた。煮えたはずの身体中の血が、一瞬で冷たい砂と化して落ちていく。

「もし、かの娘も帰るとお考えだったならば、殿下は誤解していらっしゃった」

十櫛は両手を握りしめ、二藍の目を一心に見つめた。

「羅覇《らは》が申し出たのは、夢現神《むげんしん》の祭主の交代にすぎません。『夢のうち』から祭主を連れ戻すには、別の者を祭主に立てねばならない。その者を送りこむための護衛を、わたしは引き受けたつもりでした」

「交代する祭主が、梓だったというのか」

「お言葉のとおりです。今ではあの娘が『夢のうち』の祭主」

「つまり梓は――」

綾芽は。

「死するまで、桃危宮を抜けられないのか?」

ただ死ぬべき者が、代わっただけなのか?

吐くように尋ねた二藍に、十櫛は神妙にうなずいた。

二藍はすぐに羅覇を呼び寄せ問い詰めた。

「――ええ、仰《おお》せのとおりでございますが」

羅覇は困惑の表情で答えた。

「正しく伝わっておりませんでしたでしょうか。わたくしが献じました案は、妃宮の代わり、別の祭主を立てるものでした」

「すべての者が助かるとお前は申したであろうに」

「そのように聞こえたのであれば申し訳ございません。あくまで妃宮をはじめ、中にいる御方をお救いしたいとのお話でしたゆえ」

二藍は激昂《げっこう》しそうな自分をなんとか抑えていた。胸ぐらを摑んで、揺さぶってやりたかった。わざと誤解させるように言ったのではないのか？

しかし羅覇は、すくなくとも表向きは本気で困惑しているように見えた。思ってもみないところで二藍の怒りを買った理由を、むしろ訝《いぶか》しそうにしている。

「なぜそれほどお怒りでいらっしゃいますか？　妃宮は無事にお戻りになったはず」

「代わりにわたしは女孺《にょじゅ》を失ったのだ」

失った、と言うときに声が震えかけて、二藍は奥歯を嚙んだ。

「単なる女嬬でございましょう？　わたくしは当初、妻妾《さいしょう》をおやりくださいと申しましたが、大君はあなたさまの女嬬を代わりにご指名なさいました。さすがのご判断だと感服していたのです。兜坂《とさか》の大君は賢君であらせられる。任に耐えうる女嬬を犠牲にすることで、妻妾のひとりもなくさず、妃宮を連れ戻させるというのですから」

それとも、と羅覇は上目で二藍を窺《うかが》った。

「あの女嬬は、殿下にとっては得がたい者でありましたか？」

「まさか」

二藍はわずかも視線を逸《そ》らさず、短く答えた。人として嘆《なげ》く自分を切り離し、心動かさぬ神としての自分を前に出す。羅覇に綾芽の秘密を、二藍が綾芽をどんなに大切に想っているのかを知られるわけにはいかないのだ。

「ではなぜ、殿下はそのようにお怒りでいらっしゃる」

「わたしのやり方を乱されたゆえに怒っているのだ。わたしはあの娘に、お前は死ににゆくのだとは伝えていない。今まではどのような者にも、貴賤《きせん》に拘《かかわ》らず、必ず納得させて死地に送りだしてきたというのに」

それは本当だ。我らのために死んでくれと言わねばならないときはある。二藍は、できる限り向かい合ってきた。お前の死には意味があると、死を無駄にしないと言葉を尽くして誓ってきた。それが死を命じる者の、最低限の務めだからだ。

「なのにあの娘は、このままでは死ぬつもりではなかったところで死ぬ。騙《だま》されたように死ぬ。そんな逸脱《いつだつ》は許されぬのだ」

「つまりは、殿下のお心が納得できぬと」

「心ではない、理《ことわり》だ。わたしの中の理が、そのように成り立っているからだ。ゆるがせにするわけにはいかぬ」

羅覇は目をみはった。瞳が一瞬輝く。まるで喜びを得たかのように。

「なるほど。殿下は、理の逸脱を正したいとお考えなのですね。つまりはあの娘に再び相まみえて死を命じられるか、それとも――」

羅覇はいやにたっぷりと間をおいて続けた。

「それとも、誰も夢現神の贄《にえ》にならぬ方法をとり、娘を生きてこの世に連れ戻すか」

「無事に戻す方法があるのか？」

人としての二藍の心が騒ぐ。押さえつけ、踏みつけて、冷然と尋ねる。

「ございます」

「ならば――」

「けれど、残念ながら申すわけには参りませぬ。我が国が抱える、秘策のひとつでありますゆえに」

玉盤神《ぎょくばんしん》へどれだけの策を打てるかは、国の命運を左右する。打つ手が多いほど国は生き延びる。『夢のうち』からすべての者を無事に帰す方法は、国家の機密のひとつ。だから明かせないと羅覇は言っているのだ。

「我らと取引を求めるのか」

「いいえ。なんに代えても、わたくしは口を割れませぬ」

「……そうか」

二藍は低くつぶやいて、ふらりと踏みだした。言えないというのか。別に構わない。

「ならば、無理矢理にでも口を割らせるまでだ」

心術を用いて、すべてを吐かせるまでだ。二藍が話せと命じれば、誰も逆らえない。なにも隠し通せない。羅覇はひれ伏し、洗いざらいを口にするだろう。

「二藍、だめだ、やめろ」

背後で聞いていた鮎名が、焦《あせ》って立ちあがる。だが二藍は取り合わなかった。

杖人面《ぎじんめん》を被《かぶ》った羅覇に心術を用いるのは、命がけとは知っている。人としての自分が終わるとわかっている。惜しくもなかった。神に変じる前に首を刎《は》ねてくれていい。綾芽がいない世を、無為に生きてなんになる？

地に片膝《ひざ》をついて頭《こうべ》を垂れた羅覇に、一歩一歩と歩み寄る。

足音が近づくのを聞いて、羅覇は顔をあげた。目が弧を描いている。さあ、心術を用いてくださいと歓喜に打ち震えるかのようだ。

望むところだった。

二藍はすべてをかなぐり捨てて口をひらこうとした。

「お待ちください、殿下」

誰かが二藍の肩を摑んだ。衣の上から容赦なく爪を立てた。

今にも声を発しかけていた二藍は、間際《まぎわ》で我に返った。とめているのは十櫛だった。その意を決した視線を受けるうちに、二藍の作り物のような表情が緩む。

「……どうなさった」

「心術を用いられる必要はない。あの娘を助ける策は、わたしがお話しいたします」

二藍の目が大きくひらく。すかさず悲鳴のような羅覇の声が飛んだ。

「なにを仰《おつしや》ります、王子！」

十櫛は羅覇を一瞥《いちべつ》もしなかった。

「もとはと言えば、我らの祭官が誤解を招いたのです。であれば、わたくしどもが秘策を明かすのが筋というものでしょう」

それに、と十櫛は声をひそめ、二藍だけに聞こえるようにささやいた。

「わたしは、あの娘を助けてやりたい。あの娘は殿下を心から慕《した》っておりましたよ。そんな娘の笑みを、また見たいのです」

二藍の脳裏に、綾芽の笑顔がよぎった。まっすぐな瞳がふいに和《やわ》らいで現れる、甘やかで、柔らかな微笑み。

そうしたらもう、己のうちの人の心を押さえつけてはいられなかった。

「助けてやれるのか」

声が震える。乞うように語尾がかすれた。

無論です、と十櫛は眉尻をさげる。

「どうすればいい」

「殿下が桃危宮にお入りになればよい」

「わたしが？」

「あの娘を迎えに行ってやれるのは、神ゆらぎだけなのです」

＊

灯火が揺らいだ。

台盤所《だいばんどころ》の隅にうずくまってうとうととしていた綾芽は、はっと目をあけた。胸に抱いていた、鮎名が残した疫除《えきよ》けの太刀を握りしめる。いけない、いつの間にか眠っていた。

どこからか風が入っている。それで灯火が瞬《またた》いたのだ。振り向くと、壁の窓を塞《ふさ》いだ筵《むしろ》が剝《は》がれかけていた。

直さなければ、と伸ばした手が凍った。筵の向こうに赤い目が覗《のぞ》いている。四つ。

すぐそこに、窓の外に、疫鬼がいる。

疫鬼は窓の格子《こうし》の隙間《すきま》から枯れ枝のような指を差しいれて、懐《なつ》かしい親友の声を甘く響かせる。

「ねえ、入れてよ、綾芽……」

「那緒《なお》の真似をするのはやめろ！」

綾芽は短刀を抜いた。パッと黒い花びらが散る。疫鬼は那緒の声で悲鳴をあげる。

「痛い、ひどい、綾芽、どうして……」

（ただの幻聴だ）

口の端《は》に力を入れて、黙々と窓を塞ぐ。疫鬼が人の言葉を話すわけがないから、単なる幻聴だ。綾芽の弱い心が、頼りたくて仕方ない人々の声を響かせているに過ぎない。

涙が一粒落ちる。必死に知らないふりを装《よそお》った。ここで泣いたら負けだ。きっと、一番聞いてはいけない人の声を聞く。

全部の窓を検《あらた》めてから、再び竈《かまど》の隣に腰をおろした。どっと疲れが押しよせる。

（あれから何日経った？）

みながいなくなって、ひとり取り残されて、どれほどが過ぎたのだろう。夕焼けの続く空はなにも語らない。

妃宮の身代わりになったと悟ったあとも、綾芽は台盤所に立てこもっていた。まだ死ぬわけにはいかなかった。十櫛が最後に言っていたではないか。疫鬼は人を五日食えなければ滅ぶ。あれはつまり、綾芽に五日生き延びろという意味だった。

娘ふたりが喰われて五日が経てば、『夢のうち』の中の疫鬼は死に絶える。そのあと綾芽が命を落として『夢のうち』が消えたとしても、斎庭《ゆにわ》も都も、疫鬼に襲われずにすむ。

だから五日はなんとしてでも生き延びねば。みんなのために。

今の綾芽を生かしているのは、ただその義務感だけだった。台盤所に閉じこめられ、周囲には疫鬼の影がちらつく。燃えるような西日が差すこの場では、一瞬が永遠のように感じられる。

須佐たちは、疫鬼が人の声で話すと言っていた。それも親しい、会いたくてたまらない人の声音で、甘くささやきかけると。

最初はそんなもの聞こえなかった。わたしは大丈夫、耐えられる、そう思っていた。戸をひらかなければ疫鬼は入ってこない。ただ五日ここに籠《こ》もっていればいい。竈に火を焚《た》いて料理をしたり、台盤所の整理に精を出したりで刻をやりすごす。

しかしそれも尽きてしまって、空白の刻が重くのしかかってきた。じっとうずくまっていると、無音に感じられた外にも、いろいろな音が流れているのに気づく。風の揺れ、木の葉のささめき。

かたかたというかすかな物音。

それが、どうにか中に入ろうとする疫鬼が戸や壁に触れる音だと悟るのに、時間はかからなかった。そして知ってしまえばもうだめだった。物音が疫鬼の気配と結びつき、耳はひたすら音を拾ってしまう。何匹もの疫鬼が周囲を巡っているのがわかってしまう。

かたかた、かたかた。かたかた、かたかた。

耳を押さえる。目をつむる。それでも聞こえる。

やがてそこに、かすかな声が混じった。

――あけて、あやめ。このとをあけて。

誰の声とも知れない。知ってはならない。なのにいつの間にか、脳裏には鮮やかに声の主《ぬし》の姿が浮かんでいる。ああ、那緒だ。斎庭で死んだ友。綾芽にすべてを託して消えていった、まっすぐで、自信家で、優しい親友。

その声が、外からはっきりと響く。

「綾芽、久しぶりね。困っているのね、かわいそうに」

あまりに懐かしい声そのもので、綾芽は思わず戸に駆け寄ってしまった。

「……那緒？」

「そうよ。どうしたの、置いていかれたの？　まあひどい。あなたひとりをこんなところに置き去りなんて。どれだけ寂《さび》しかったでしょう、辛《つら》かったでしょう」

那緒の声は、綾芽がほしかった言葉ばかりをくれた。

そうだ。辛くて、悲しいのだ。心を支えていた柱が、急に崩れそうに脆《もろ》くなる。

「ねえ、慰《なぐさ》めてあげるわ。だからお願い、ここをあけて」

つい戸に手がかかる。那緒に会いたい。この孤独から救ってほしい。

けれど綾芽は、すんでのところで踏みとどまった。

――違う、これは那緒ではない。

那緒は死んで、すべてを忘れ去ったのだ。残った御霊《みたま》は狼《おおかみ》の姿で匳《くしげ》の山にいるが、助けに来てくれるとは思わない。これは幻聴だ。間違いなくそうだ。

戸から離れて、窓の隙間から外を覗く。戸の前に張りつくのは、もちろん那緒ではなかった。疫鬼が、ぎょろぎょろと四つの目を動かしていた。

「ほら、やっぱりな……」

綾芽は弱々しく笑って、ずるりと壁にもたれかかった。馬鹿みたいだ。那緒の幻聴と言葉を交わして、あまつさえ戸をあけようとするなんて。

一度耳を傾けてしまったら、幻聴は雪崩《なだれ》を打って押しよせた。明るい那緒の声、穏やかな鮎名の声。いつも世話になっている佐智《さち》や、須佐や千古が助けに来てくれたときもあった。十櫛が戻ってきたことも。

綾芽は必死に背を向けて、ともすれば折れようとする自分の心に言い聞かせた。これはただのまやかしだ。戸の外に待つのは、四つ目を光らせた人喰いの鬼だ。

まだ、一番聴きたくて聴きたくない人の声はやってこない。綾芽は安堵に身を浸《ひた》し、同時に恐怖におののいていた。あのひとの声がしないのは、心がどうにかこらえている証《あかし》だ。つまりはきっと、あのひとの声を耳にしたときが終わりのときだ。

「あと二日くらいかな」

重い身体を奮《ふる》いたてて、努めて勢いよく立ちあがった。あと二日の辛抱《しんぼう》だ。二日経てば、疫鬼は死に絶える。そうすれば役目は終わる。わたしは晴れて――。

恐ろしい考えがよぎった。そんな自分に驚いて、甕《かめ》の水で思いきり顔を洗った。『晴れて死ねる』、だなんて。まるで死を望んでいるようじゃないか。

死など求めていない。死にたくないのだ。もう昔の綾芽とは違う。生きる理由がこの身を満たしている。疫鬼が絶えたあとも、いくらだって生き延びてみせる。倒れてなるものか。幸せを掴むと決めたのだ。あのひとと、二藍と――。

綾芽、と呼ぶ声が聞こえた。

はっと顔を巡らせた。今、確かに二藍の声がしなかったか。台盤所のそばではない。もっと遠くのどこかで呼んでいた。綾芽の名を叫んでいた。

胸が激しく揺さぶられて、御《ぎょ》しきれなくなった。やっぱり幻聴だろうか。幻聴に違いない。いやでも、あんなに遠くで聞こえる声は今までなかった。だったら今のは、本物の二藍かもしれない。きっとそうだ、見捨てられていなかったのだ。助けに来てくれた。決まっている、当たり前だ。あのひとがわたしを見捨てるわけがない。

あれは二藍だ。本物だ。

綾芽はいてもたってもいられず、戸に駆け寄った。

「二藍、わたしはここにいる！」

声を嗄《か》らした。わたしは生きている。諦《あきら》めずにあなたを待っていた。

応《いら》えはない。どれだけ耳をすましても、かたかたと、疫鬼が壁に触れる音しか聞こえてこない。

落胆して、太刀を握りしめて背を向けようとしたときだった。

かた、という音がやみ、代わりに声が耳を打った。

「綾芽、そこにいるのだな」

綾芽は息をとめて、跳ねるように振り返った。

「……二藍？」

「無事か？　よく頑張ったな」

身を震わせる。一拍のちには戸にすがりついていた。

「本当に、本物のあなたか？」

ささやきは柔らかに戻ってきた。

「本当に、本物のわたしだ」

「来てくれるとは思わなかったよ」

「わたしがお前を見捨てるわけはないだろう？」

全部、欲しかった言葉そのものだ。立っていられない。綾芽は膝をつき、必死に涙をこらえた。

「辛かったのだな」

と二藍の声は、あやすように低まった。「だが安心していい。泣いてもいい」

――そうか、もう泣いて構わないのか。

思ったら、ぼろぼろと涙が落ちた。ずっと抱いていた疫除けの太刀が滑り落ち、足元に転がる。

綾芽、と優しい声は続く。

「あけてくれ。わたしを入れてくれ」

ああ、いけない。頭の中で、警告の鐘が鳴り響いている。なのにとめられない。綾芽は腕に力を込めて、一気に戸を引きあけた。

赤く澱《よど》んだ四つの目が、揃って綾芽を見つめていた。

それはゆっくりと喜色に歪《ゆが》み――喉笛に喰らいつこうと飛びかかってきた。

綾芽は悲鳴をあげて尻餅《しりもち》をついた。抜きかけていた短刀が、手から滑って床を転がっていく。疫除けの太刀に伸ばした手も、長く黒い腕が迫ってきて引かざるをえない。

その間にも疫鬼の顔はぱっかりと割れて、千本の針のような鋭い歯を剝《む》きだして迫っていた。綾芽はむちゃくちゃに腕を振り回し、どうにか摑みかかってきた腕から逃れた。腰に差したままの鞘《さや》から、二藍が菖蒲《あやめ》の花を彫ってくれた笄子《かんざし》を引き抜いて、叫び声とともに疫鬼目がけて振りおろず。笄子の尖《とが》った先端は、疫鬼の瞳のひとつに深々と突き刺さる。ひるんだ疫鬼を思いきり突き飛ばした。こんなところでやられるわけにはいかない。身体を反転し、四つん這《ば》いになって太刀に手を伸ばそうとして、絶望に息を呑んだ。

疫鬼は一匹ではなかった。別の疫鬼が太刀の上に陣取っている。びっしりと生えた牙を剝きだしにしている。あざ笑うかのように口を歪めている。

もう避けられない。得物《えもの》もない。

――なんてわたしは馬鹿なんだ。

涙が瞼《まぶた》の縁《ふち》に盛りあがる。視界に映った死が滲《にじ》む。

ぜんぶ自分で台無しにしてしまった。こんなんじゃ――。

「泣くな！」

怒鳴り声が落ちて、目の前が真っ暗になった。喰われたのか。いや違う。この一面の黒は花びらだ。疫鬼であったものが散り、消えてゆこうとしている。

綾芽は目を見開いた。しゃにむに黒い花弁をかきわけ振り返る。黒がもみ合っていた。ひとつは綾芽の笄子が眼に刺さった疫鬼。もうひとつは、黒の武官装束を着た――。

太刀を握りしめた、二藍だった。

二藍は摑みかかってきた疫鬼の腕を力押しで断ち切って、その勢いのままに、傾《かし》いだ疫鬼の身体を両断した。

あがった息を隠そうともせず、呆然としている綾芽に短く言う。

「敵前で泣くな。視界が滲んで勝てるものも勝てなくなる」

「……本物か？」

「当たり前だ！　いいから太刀をとれ」

尖った声を投げられて、綾芽は我に返った。開け放された戸から疫鬼が一匹、また一匹と入りこむ。外には幾多の赤い眼が、ぎょろぎょろと物欲しげにこちらを見やっている。

太刀を抱き、短刀を引っ摑んだ。無我夢中で戸口に走り、我先に入ろうと押し合いを繰り広げる疫鬼相手に短刀を振り回す。短刀にかけられた十櫛の血にひるんだ疫鬼の腕を切り飛ばしながら、なんとか戸を閉じにかかった。

台盤所にはすでに数匹、疫鬼が入りこんでしまっている。背後から綾芽を喰らう隙《すき》を窺っている。ひたひたと近づいて、人の数倍は長い指で肩を摑んでくる。

でも綾芽は振り向かなかった。信じたとおりに、太刀を振るう重い音が響く。肩に取りつこうとしていた疫鬼の気配は消え失せる。

戸口に刃《やいば》を向け続けた。今にもくぐってこようとした疫鬼が漆黒《しっこく》の花びらに変わる。戸口にかかる黒い腕は減りつつある。戸の重さもすこしずつ軽くなる。戸口に当たって短刀の刃が毀《こぼ》れた。綾芽は思いきって短刀を手放し、太刀を戸口を守るように置いて、両手を戸にかけた。一気に閉めきってしまえ。

　足を踏んばり、身体を傾ける。最初の一押しで、半分以上は閉じられた。もう疫鬼には、腕を通すほどの隙間しか残されていない。あともうすこし。

　疫鬼はさせじと、そのわずかな間に腕を差しいれる。綾芽は歯を食いしばる。ゆっくりと閉まりつつあった戸が動かなくなる。力が拮抗《きっこう》する。一本二本、三本と、戸にかかった疫鬼の手が再び増えていく。徐々に戸はまたひらきはじめようとする。

　押しきられそうになったとき、強い力が綾芽を加勢してくれた。

　一気に戸は閉じられた。木と木が激しく打ちつけられた音が響き、綾芽は勢い余ってつんのめり、戸口に並んだ甕に頭から飛びこみかける。それも、背後から伸びた腕がしっかりと摑んで抱き留めた。

　温かく、力強い腕が。

　それでも綾芽は、振り返るのが怖かった。うしろを向けば、この温《ぬく》もりはあっけなく消えるかもしれない。さっきのように、四つの目玉がこちらを見ているかもしれない。

　でも、心配なんていらなかった。綾芽を胸に強く引き寄せた腕は、耳元で吐息とともに言った。

「……無事でよかった」

その声は、幻のささやく甘い言葉とは似ても似つかない、怯《おび》えて、重くて、柔らかな熱を帯びていた。

身体中から力が抜けそうなのを押さえこみ、綾芽はそっと振り返った。二藍は眉を寄せて、それでも笑みで迎えてくれた。

同じくらいの笑顔を返したかったのにできなくて、綾芽は唇を噛みしめた。

「ずっとあなたを待ってたんだ」

「知っている。遅くなって悪かったな」

必死にこらえていたものがせりあがってくる。耐えかねてうつむくと、頭に優しい手が添えられた。

「もう泣いていい。よく頑張った」

二藍は、ひときわ強く抱きしめてくれた。


どれほど経っただろうか。

板間に幾重《いくえ》にも敷かれた衣《ころも》の上で、綾芽は目を覚ました。

久しぶりに深く眠った気がするけれど、ここはどこだったか。

瞼をこすり半身を起こして、ようやく思い出す。そうだ、ここは『夢のうち』。閉じこめられた綾芽を、二藍が助けに来てくれたのだ。

二藍を身代わりにしなければならないのかと思った綾芽に、そうではないと二藍は言った。綾芽も自分も助かる方法を知っているという。十櫛が教えてくれたそうだ。もう誰も置いていかれずにすむ。

それを聞いたら緊張の糸がぷつりと切れた。綾芽はあられもなく泣いてしまって、二藍は慰めてくれて――そのあと、二藍にすがりついたまま眠りに落ちたのだと気がついて、綾芽は青くなったり赤くなったりした。なんて恥ずかしいさまをさらしてしまったのか。

二藍は板間のあがりぐちに腰掛けて、こちらに背を向けている。疫鬼が入らないように見張っていてくれたようだ。気配が伝わったのか、笑顔で振り向いた。

「起きたか。よく眠れたようだな」

なぜか、さきほどまで身につけていた黒袍《こくほう》を着ていない。どうしたのだろうと思いながら手元に目を落として、綾芽の頬《ほお》はますます赤らんだ。二藍の衣はここにある。衾《ふすま》の代わりに、綾芽の身体にかけられている。

急いで皺《しわ》を伸ばして折りたたみ、両手でさしだした。

「どうもありがとう。わたし、いつの間にか寝ちゃって。どのくらい眠っていた？」

二藍は笑って袍を受けとった。慣れた様子で、ひとりで手際よく身につける。

「四刻は経ったな」

そんなにか。綾芽は恐る恐る尋ねた。

「……寝顔を見たか？」

「当然。妻に腕の中で寝息を立てられたら、誰でも眺める」

「どうか忘れてくれ！」

と頼んだところで、二藍は「かわいらしかった」と笑うばかりだった。声はいつにも増して柔らかく、綾芽はいたたまれない。

「いびきをかいたり、寝言を言ったりもしていた？」

「寝言は漏らしていたな」

「変なことを口走ってなかったか？」

「心配するな。よく聞きとれなかった」

笑い飛ばして太刀を佩《は》き、二藍は再び板間に腰掛けた。ふいに眉をさげる。

「悪夢なら追い払ってやらねばと思ったが、幸いそうでもなかったようだ」

どうやら、ずっと気にかけていてくれたらしい。優しさが嬉しくて、綾芽の頰にも笑みがこぼれた。

「あなたが助けに来てくれたんだ、もう悪夢なんて見ないよ」

幻聴だって今は聞こえない。聴く必要がないからだ。

二藍はなるほど、と袖を合わせた。

「恐れや不安が悪夢を呼ぶわけか。夢の内容とは、心のありように左右されるのだな」

「当然そうだろう。あなたはあんまり夢を見ないのか？」

軽い気持ちで返した綾芽を、二藍の瞳が捉《とら》える。

ひたと見つめるその顔に、ゆっくりと、見間違いようもない寂しさが浮かんだ。

「……どうした？」

綾芽は笑みを消し、声をひそめて尋ねた。答えは返ってこない。

不安が胸を駆け抜けて、寄り添うように隣に座った。二藍の瞳は、神金丹《しんこんたん》について語るときと同じ憂《うれ》いをはらんでいる。手が届くところにいなければならない気がする。引き留められる場所に。

ようやく、二藍はぽつりと口をひらいた。

「わたしは、夢というものを見たことがないのだ」

「……ただの一度も？」

「ただの一度も。だからお前の気持ちがわからない。わかってやれない。実感できない」

悲しみに満ちた声に綾芽は絶句して、それから必死に言葉を探した。

「別にそのくらい、わからなくたって構わないだろう？　なんでそんなに落ちこんでるんだ。だいたい、あなただってしっかり夢を見ているはずだ。寝ているときのやつより何倍もいい、起きているからこそ手にすることのできる、自分で求めて、見つけて、大事に育てられる夢だよ。あなたとわたしは、おんなじ夢の中じゃないか」

いつか一緒に、人として生きていく。そんな輝かしい夢を握りしめているではないか。

それでも二藍の双眸《そうぼう》は、深く沈んだままだった。

「神金丹のことを知っても、お前はわたしと同じ夢を見てくれるのか」

「神金丹のこと？」

「わたしがあの薬にどれほど惹《ひ》かれてしまうのか、お前も気づいているだろう。羅覇がみなのまえで神金丹を取り出しかけたのを、とめてくれようとしたものな」

二藍は両手を握りしめて自嘲した。

「そうだ、お前の忌《い》む神金丹が、わたしは欲しくてたまらない。羅覇に見せられたときも、手を伸ばさないようにするだけで精一杯だった」

「……思いつめすぎだよ」

綾芽はそっと二藍の頰に手を添えようとした。

「受けとらなかったんだろう？　だったら――」

「確かに受けとらなかった。だがそれだけだ。心では求めてやまなかった。我が身を破滅させるとわかっているものが欲しいのだ、わたしは」

綾芽の腕を摑み、板間に押しつけると、二藍は痛みに耐えるように目を細めた。

「玉盤神の話とてそうだ。羅覇は、玉盤神の滅国《めっこく》とはただの罰ではないと申しただろう。廻海《めぐりのうみ》の人々を生かし、さきに進めるための犠牲だと」

どこかの国が滅んで生じた混沌《こんとん》は、回り回って廻海に生きる人々を救う。玉盤神の厳しい法も、逸脱への罰も、すべて人を思ってのこと。そう羅覇は説いた。

「聞いて納得してしまった。人に不可解な道理を押しつける玉盤神のふるまいにはきちんと意味があったのだと、高揚すら覚えた」

なのに、と二藍はまた自分をあざ笑った。

「妃宮は、すこしも心動かされなかったではないか。不愉快極まると切って捨てられた。それではたと気づいた。妃宮のように考えるのが正しいのだ。結局、わたしは神ゆらぎだ。人とは考え方が違う。根が違う。同じものを見られないし、感じられない。そう生まれついてしまった以上、どうやっても――」

「でもあなたは選ばないだろう？」

自分で自分の首を絞めるような声を、綾芽は強く遮《さえぎ》った。怒りが湧いて仕方がない。二藍ほど賢い人が、どうしてこんなことで苦しんでいるのか。

「感じ方が正しいとか正しくないとか、どうだっていいじゃないか。じゃあ訊くけど、あなたは今玉盤神が現れて、兜坂に滅国を命じたとして、はいわかりましたと従うのか？あなたさまの言うとおりですと、兜坂の犠牲を糧《かて》に、他国の繁栄を願いますと」

「まさか」

「だったらなにが問題なんだ。わたしたちはおんなじだろう？」

二藍の瞳が揺れた。あまりに人らしいその表情を目に焼きつけて、綾芽はゆっくりと息を吐きだした。

――ほら、大丈夫じゃないか。

「あなたは人だよ。誰がなんと言おうと、ちゃんと人だ。誰よりあなたを見ているわたしが認めるんだから間違いない」

羅覇がなにを訴えようと、二藍自身がいかに感じていようと関係ない。

綾芽が信じる限りは人だ。

「わたしは斎庭《ゆにわ》に来て心から悟ったよ。どう生まれついたかなんかより、なにを選ぶか、どんなふうにふるまうかが大事なんだって。だいたい、わたしたちは違うところばかりじゃないか。女か男か、孤児か王族か、田舎育《いなか》ちか都人《みやこびと》か。でも一緒にいられている」

互いを認め合って、想い合っている。

だから孤独を感じる必要なんてないのだ。後ろめたさを抱かなくていい。そのくらいで嫌いになんてならない。見捨てない。

「だから、心配しないで」

もう一度頰に手を伸ばした。今度は拒《こば》まれなかった。撫でるように触れる。確かめるように手を添える。

されるがままだった二藍は、やがて綾芽の掌に自分の手を重ねて握りしめ、ゆっくりと瞼を伏せた。

二藍は、心の中では泣いているような気がした。

泣いてもいいんだよ、と綾芽は思った。

絶えず敵前で目を曇らせまいと気を張らなくていい。二藍が綾芽をゆっくりと眠らせてくれたように、悪夢にうなされないよう見守ってくれていたように、綾芽だって二藍のために戦ってあげられる。たとえ傷つき倒れたとしても、守ってあげられる。

二藍は目を閉じたまま、静かに端座していた。

疫鬼が消えるまでの一日二日を、台盤所の中で過ごした。それぞれ形の違う甕や土器の用途が気になるらしい二藍に、綾芽は使い方をひとつひとつ手にとって教えた。

ついでに腹ごしらえを思いたち、煮炊きの準備をした。あちらこちらへと動く綾芽を、板間に座した二藍はしげしげと眺めていると思ったら、急に土間におりてくる。

「手を貸そう。わたしにできることを教えてくれ」

綾芽は水を汲《く》んだ甕を落としそうになった。

「春宮《はるのみや》に料理をさせる女嬬がいるか」

「そんなものは知らぬ。お前はわたしの妻だろう」

「いやでも、あなたは一度も料理の経験がないし、怪我《けが》でもされたら困る」

頑《かたく》なに断っていると、二藍は面白くなさそうな顔をした。

「まったくもってそのとおりだが、わがままを聞いてくれてもいいだろう。もう、なにもできずに待っているのは嫌なのだ」

今回の件がよっぽど堪《こた》えたらしい。おかしくなってきて、それじゃあと綾芽は考えた。

「竈の火の番を頼むよ」

さすがに断られるかと思ったが、二藍はあっさりと承知した。湯気のあがる粥《かゆ》は信じられないくらいに熱くて、揃って舌に火傷《やけど》をしたけれど、本当に美味《おい》しかった。

こんなに穏やかに過ごしたのは、久方ぶりだ。羅覇の来訪に疫病と、気を抜く暇《ひま》がなかったのだ。

ずっとこうしていられればいいのに。この永遠の黄昏時《たそがれどき》で、外の世なんて忘れて暮らせれば幸せなのに。胸に忍びこんだ甘い夢を、綾芽は振りはらった。ここに未来はない。夢のさきにこそ、本物の喜びは待っている。

やがて疫鬼の気配が薄くなり、消え去っていくのが感じられた。五日が経ったのだ。

「そろそろ外に出てもよいだろう」

「そうだな」

互いの得物を手に立ちあがる。驚いたことに二藍が提《さ》げている太刀は、疫除けの呪《まじな》いなどかかっていない、普段から愛用しているものだった。かつて、謀反《むほん》を起こさんとした石黄《せきおう》の首を刎《は》ねた品だ。

「まさかその太刀ひとつで、ここまで疫鬼に喰われずにやってきたのか？」

二藍が武芸を能《よ》くするのは知っている。二藍だけでなく、斎庭に生きる男たちはみな武に秀《ひい》でている。王族だろうと例外はない。神招きとは、ときに戦《いくさ》に同じである。神を相手に刃を抜き、矢を射かけねばならなくなったとき、表に立って祭主を守らねばならないのだ。

それでもまさか、あの疫鬼の群れを疫除けの助けもなくひとりで抜けてきたとは思わなかった。今さらながら目を丸くしていると、いや、と二藍は笑った。

「そうだと言えば格好もつくのだが、実際は違う。十櫛が襲われぬ理由を聞いただろう」

「三兄神《さんけいしん》の血が流れているからだったか」

「実はわたしも、薄くはあるが同じ血を受け継いでいる」

数代前、八杷島《やはじま》の王女が女御《にょうご》として嫁《とつ》いできたのだという。二藍はその血に連なるから、疫鬼も少々はひるむのだそうだ。

「とはいえ、太刀の腕がなにも役立たなかったわけではないぞ」

と太刀に触れて、二藍は口端《くちは》を持ちあげた。

「いざというときにお前を守れるくらいは振れる。すくなくとも丸腰の十櫛よりは」

ありがとう、と綾芽も笑って返した。

「すごく頼りにしてるよ。危ないところをもう助けてもらったしな。でも一応、十櫛さまのために言っておくと、あの方もお役目を果たしてくださったよ」

綾芽が疫鬼に囲まれたとき、ちゃんと戻ってきてくれた。逃げだしたって文句は言えない場面だったのに。

そもそも二藍がここに来れたのも、助かる方法を十櫛が教えてくれたからだと聞いた。

「そうだな。十櫛はよくやってくれた。ありがたい」

苦笑した二藍は、だが、と言ったきりすこし黙りこんだ。

「……あれは解《げ》せぬ男だ」

「羅覇が話そうとしなかった秘密を、あっさり教えてくれたからか」

綾芽が助かる手立てを、羅覇は国の秘策だと言って決して語らなかった。二藍がどのように交渉したのか綾芽は知らなかったが、結局十櫛が助け船を出してくれたのだ。

二藍はうなずき、考えこんだ。

「そもそもわたしは、十櫛は無策で力のない王子と見せかけて、裏では八杷島の意向に沿ってふるまう策士だと見ていた。もっともそれは構わぬのだ。ある程度策士でなければ、わざわざ兜坂の人質である意味もないからな。十櫛が解せぬのは、八杷島と完全に同調しているわけでもないところだ」

現に羅覇の抗議を無視して、二藍に秘策を明かしてしまった。

「あれの真意がどこにあるのか、わたしにはいまいち摑めぬ。故郷に帰りたいばかりに、兜坂を滅ぼそうなどという大それた企《たくら》みを抱いていなければよいが」

「滅ぼす？　十櫛さまがか？」

驚いてから、充分ありえるのだと綾芽は気づいた。十櫛は死ぬまで八杷島の土は踏めない身の上である。帰国できるのは、それこそ兜坂が滅びた際しかない。

思い返せば、十櫛は『帰るとき』と意味深長《しんちょう》にこぼしていた。帰るときに綾芽を連れていってやれればと思ったが、綾芽はきっと望まないのだろう――。あの『帰る』は、故郷に戻るという意味だ。十櫛は、自分がいつかはこの地を去ると考えている。

それでも綾芽は、十櫛が己《おのれ》のためだけに兜坂を滅ぼす男には思えなかった。

「確かに、お戻りになりたいのかもしれないけれど……でもあの方は、兜坂の国を壊してまで帰ろうとはなさらない気がする。兜坂に複雑な思いを抱いていらっしゃるだろうけど、その中には好意だって結構含まれていると思うんだ」

それこそが、羅覇と十櫛の違いだ。十櫛が羅覇の思惑に背《そむ》いてまで、綾芽と二藍を助けてくれた理由だ。

と伝えてみたものの、ぴんとこなかったらしい。二藍は顔をしかめた。

「お前だけでなく、わたしを助ける？　十櫛がか。ありえぬな」

「そうだろうか？　あの御方は、あなたの身の上に同情されている。あなたが十櫛さまを気にかけているのと同じくらいは」

二藍は数度瞬《まばた》いて、ため息をついた。

「お前にはなんでも見抜かれるな。確かに十櫛のままならない境遇に、己を重ねるときはある。ゆえに思うところもある」

「だろう？　本当は、あなたがたはもうすこし仲良くなれる気がするけど」

「どうだか。そのように油断させておいて奪われたらたまらぬ」

「なにをだ」

「なんでもない。短刀を見せろ。刃が使い物になるか確認しておきたい」

二藍はごまかして、綾芽の渡した短刀をするりと引き抜いた。刃を一瞥《いちべつ》すると、今度は鞘から笄子《かんざし》を抜く。美しい菖蒲《あやめ》の花を、空にかざして目を眇《すが》めた。

——あなたはわりと心配性だな。

綾芽は頬を緩めたが、思ったのとは別のことを柔らかく口にした。

「その笄子のおかげで助かったよ。それにしても麗《うるわ》しい菖蒲だな。裏の銀の鶏《にわとり》も見事だ」

「そうだろう。わたしがお前のものだという証《あかし》だ」

「……わたしがあなたのものの間違いじゃないのか？」

二藍は小さく笑って、笄子を鞘に収める。短刀を、ぽんと綾芽の両手の上に置いた。

「刃が毀《こぼ》れてしまっているな。これでは使い物にならない」

「じゃあ、妃宮が残してゆかれた疫除けの太刀をわたしが持っていようか」

「それもよいな。とはいえあとはもう、帰るだけかもしれぬが」

二藍が、戸口を守るように横たえられていた鮎名の太刀を拾う。綾芽は短刀を強く握りしめた。

「夢現神《むげんしん》に会いに、玉壇院《ぎょくだんいん》へゆくんだな」

疫鬼が消え去った今、この『夢のうち』にいるのは綾芽と二藍、そして夢現神と三兄神の二柱《ふたはしら》だけだ。

二藍が言うに、『夢のうち』を抜けるには、桃危宮の最北、玉壇院へ坐《いま》すという夢現神に会い、脱する方法を聞いて、その通りに動けばよいという。

つまり玉壇院へ向かえば、あとは『夢のうち』を去るだけ。

（三兄神は、まだ鎮めきれていないけど……）

つい、後ろ髪を引かれそうになる気持ちを押さえこむ。

疫鬼はみな消え失せたから、斎庭から疫病が広まる心配はなくなった。だが笠斗《かさと》で猛威を振るう疫神自体が鎮まったわけではない。鮎名の努力のおかげでいくらかは押さえこまれたものの、笠斗の邦《くに》はしばらく苦しみ続けるだろう。

このまま引き下がってよいのだろうか？　笠斗を見捨てて、自分だけのうのうと日常に戻るのか？

「そのことだが」

二藍がもったいぶって息をついたので、綾芽は堂々巡りの思考から舞い戻った。

「実は疫神への祭礼には、暁夕《ぎょうゆう》の膳を捧《ささ》げる以外にもひとつ、強力な手がある。とある勝負を挑むのだが、こちらが勝てば、三兄神は笠斗から去る。つまり疫病の流行も、収束に向かう」

「……そんな手があるのか？」

綾芽の胸にまずは驚きが、すぐに喜びが押しよせた。思わぬ話に心が沸きたっている。完全に疫病を鎮められるのか。まだ笠斗のために身体を張れるのか。

飛びつくように言った。

「わたしがやる。やらせてくれ！　わたしだって春宮であるあなたの妻なんだから、神を祀《まつ》る祭礼を執り行えるはずだ。勝負にも臨《のぞ》めるだろう？」

「もちろんそうだが、簡単に首をたてに振れるものでもないな。危険な勝負なのだ。受ければすぐさま疫鬼が、今までの比ではなく襲いかかってくる。妃宮も挑むおつもりだったが、おひとりではとても勝てないと断念されたくらいだ」

「……つまりは、だめだということか」

二藍の煮えきらない態度に、綾芽の声は萎《しぼ》んだ。

「これ以上、お前に無理をさせたくないわたしの心もわかってくれ」

「そんな、あなたは春宮だろう？　わたしの命と笠斗の――」

綾芽の命と笠斗の民、どちらが大切なんだと言いかけて、綾芽は口をつぐんだ。

そんなの、どちらも大事に決まっている。二藍はただ、綾芽が勝負に勝つ見込みは薄いと冷静に判断したからこそ反対しているのだ。

（……勝てないと思われても仕方ない）

二藍が助けに来てくれなかったら、笠斗を救うどころか、疫鬼に喰われて都に災厄を振りまいていた。ここが退《ひ》きどき、おとなしく去るべきだ。二藍を困らせてはいけない――。

必死に自分の心に言い聞かせる綾芽の耳に、穏やかな声が落ちた。

「だがわたしも、もしお前が心から望むなら、この勝負をお前に預けてみようと思う」

綾芽は目をあげた。二藍は微笑みを浮かべている。仕方ないなと言いたそうで、でもどこか嬉しげに目を細めている。

綾芽の頬は、みるみるうちに紅潮した。

「……いいのか？　妃宮も断念されたくらいに危険なんだろう？」

「妃宮はおひとりで、しかも怪我をなさっていたからな」

だが、と二藍は、疫除けの呪《まじな》いがかかった太刀を見やった。

「今はまったく無理ともいえない。なぜならお前のそばにはわたしがいる。ただ待つばかりのときとは違って、すぐ隣で助けてやれる。疫鬼の手から守ってやれる」

「あなたとわたし、ふたりで挑めば、三兄神にも太刀打ちできるってことだな」

「勝ち目もいくらかは見えてくるだろう」

　さあどうする、と二藍は問いかけた。

「受けるかどうかは、無論お前が決めてよい。望むというなら――」

「もちろん受けるに決まってる」

　と綾芽は目を輝かせた。

　諦《あきら》めるわけがない。今も笠斗の人々は踏んばっているはずだ。医師《くすし》も、国司も、官人も、里の皆も、誰もかれも。綾芽だってその列に加わりたい。目を背けたくはない。なにもできずに刻が過ぎるのを待つのはまっぴらだ。

「訊かずともわかりきった答えだったな」

　二藍は声を立てて笑うと、力強く鮎名の太刀をさしだした。

「心得た。ならばわたしも全力をもってお前を守り助けよう。笠斗のため、勝ってくれ」

　唇《くちびる》にまっすぐな笑みをのぼせて、綾芽は太刀を受けとった。

「任せろ」

台盤所をあとにした綾芽と二藍は、南を目指して歩いた。

疫鬼が消えたからこそ、桃危宮の崩れた屋根や草の生えた壺庭、腐り落ちた柱が突きだすさまが、今まで以上に胸に迫ってくる。

鮎名から綾芽に祭主が代わっても、『夢のうち』の光景はほとんど変わらなかった。この光景は祭主の身に降りかかる最悪の未来のはずだから、つまり綾芽と妃宮を待つ最悪の末路とは、同じ日、同じ場所に繋がっている。

いつか、どこかの未来に惨劇は起こる。

斎庭に招いた神が暴れて、すべてを壊して去っていく。

そう思うと、胃のあたりが冷えた。

やがてたどり着いたのは、桃危宮の南門の前だった。『夢のうち』に入って最初に立った場所である。

桜の古木は変わらずこぼれ落ちんばかりの花を咲かせ、枝を重くしならせていた。次から次へと花びらが舞い散る。地面は薄紅に染まっている。

それこそ夢のような光景の中、二藍は古木を仰ぎ見た。

「三兄神との勝負には、この桜の枝が必要だ。まずお前が枝をひとつ手折《たお》る。その枝に咲いた花がすべて落ちる前に三兄神のもとにたどり着き、枝をさしあげられればお前の勝ちだ。三兄神は鎮まり、笠斗を去るだろう」

「枝にひとつでも花が残っていればいいのか」

「ひとつでも残っていればいい」

「それはずいぶん、人に優しい勝負だな」

満開の花とはつまり散る間際の花だから、花びらは多少は落ちやすいだろう。とはいえ三兄神に会うまでに、枝についた花がひとつ残らずなくなってしまうとも思えない。

「優しいわけがあるか。散る花とはすなわち疫を表す。一度人の手で折られれば、その枝から零《こぼ》れる花びらはすべて疫鬼に変わる。疫鬼も三兄神の勝負の手駒だ。花を散らそうと絶えず襲いかかってくる。例を見せよう」

と二藍は、枝のさきをすこし手折るように言った。瑞々《みずみず》しい花々が身を寄せ合うように並んだ小枝を選んで綾芽がさしだせば、花びらをひとつちぎり、ふわりと指をひらく。

ふたりのあいだを、薄紅に色づいた花のかけらは風に乗って舞い落ちる。地につくや黒く染まり、膨《ふく》らんで、だらりと両手を垂れた疫鬼と化す。それが頭をもたげて綾芽の握った枝に飛びかからんとしたところを一閃《いっせん》、待ち構えていた二藍が斬り捨てた。

「……なるほど。落ちた花びらが疫鬼になる。当然枝を持っているわたしの周りに花は散るから、すぐ脇から襲いかかられるというわけか」

「不安ならばやめてもいい。無事に『夢のうち』を抜けるのが最優先だ」

抜き身の太刀を手に、二藍は言う。心配してくれているのはわかっているから、綾芽は笑みを浮かべて、「まさか」と返した。

「あなたが守ってくれるんだから、すこしも怖くないよ。三兄神はどこにいる?」

今さら退く気はない。二藍だって、もとより綾芽が諦めるとは思っていないはずだ。

二藍は軽く笑って顎《あご》をあげ、拝殿の東側に視線を向けた。

「三兄神は、桜池に張りだした釣殿《つりどの》におわすと妃宮は仰っていた」

桜池。羅覇に祭礼を見せた場所だ。しだれ桜に囲まれた、静かで美しい池。

綾芽がうなずけば、二藍は太刀を鞘に収める。台盤所から持ってきた鉈《なた》に持ち替えて、花吹雪を舞わせつづける大桜を見あげた。

「それでは花つきのよい見事な枝をひとつ、折りにかかるとしようか」

勝負に勝つための計略をあれこれ話し合いながら、二藍がほどよい大きさの枝に見当をつけるのを見守った。幸い、考える策はほとんど同じだった。あとはやり遂げるだけだ。

「この枝をいただくか」

二藍は、ひときわ花の多い枝の中ほどに鉈を当てる。綾芽は、太刀の鞘と抜き身の短刀を桜の根元に置いてうなずいた。余計なものを持つ余裕はない。短刀の鞘だけは落とすといけないので、懐《ふところ》にしまいこんでいる。

「そうだな。ちょうどいいんじゃないかな」

花の咲き乱れる枝である。桜池まで、余裕をもって花を残してくれそうだった。

あとは鉈を振りおろすばかりだった二藍は、ふと手をとめて振り返った。

「枝を落とせばもう話をしている暇はない。訊き残したことはあるか？　あるなら今聞いてくれ」

「じゃあひとつだけ。三兄神は、もともとは犀果《さいか》さまという名の神ゆらぎだったんだろう？　どんな御方だったのかな」

かつては二藍と同じく、神と人のあいだを揺らぐ神ゆらぎだった疫神。人の中に生まれ、人として暮らしていたはずのひと。

気になっていたのだ。相まみえる前に聞いておきたかった。

二藍は桜に目をやり、静かに息をついた。

「立派な方だったそうだ。神ゆらぎとして、懸命に民のために力を振るった」

三兄神――生前犀果と呼ばれていた男は、八杷島の王族として生まれた。

「折しも八杷島は王位争いで揺れていてな。宮廷はそちらに気をとられ、民が飢えるにも気づかぬありさまだったという。犀果は一刻も早く、争いを終わりにしようとした」

「心術で、王位争いに介入されたのだな」

綾芽の声は沈んだ。

心術は人の心を変えて従わせる強い力である。人を操り、隠しごとを暴く。大義をもって用いれば、争いを治めるのも容易だろう。しかし心術が招くのはよい結果ばかりではない。使うほどに神ゆらぎは神に近づく。一線を越えれば身は神気に染まり、人ではなくなってしまう。多くの場合は災厄と結びつき、人に恐ろしい死をもたらす荒れ神として、永《えい》劫《ごう》の刻を過ごすようになる。

「犀果の努力は実を結んだ。八杷島には賢王が立ち、民も救われた」

「だけど犀果さまは人ではなくなってしまった。ご自分がそれほどに心を砕かれた八杷島にさえ、疫病を送りこむ御身《おんみ》に変じてしまわれた。……どんな思いをされているのか。悔しいだろうに」

守りたかった人々すら傷つける自分を、犀果の人の心はどこかで見ているのだろうか。嘆いているのだろうか。

そもそも神とは雨風の神でも玉盤神でも、死というものに露《つゆ》も心を動かさない。悲しまないし、怒りも感じない。それがどれほど近しく、愛《いと》おしい者の死だとしても。

だが犀果は違う。もともとは人だった。もし三兄神のうちに犀果の心が残っていて、己が引き連れてきた災厄に血を流し、苦しむ人々をなにもできずに眺めなくてはならないのなら、終わらない悪夢の中にいるのに等しい。

二藍は一度鉈を置いて、綾芽に歩み寄った。

「お前は優しいから気になるのだな。だが考える意味はない。三兄神に、もはや犀果としての心はない。なにもできぬと嘆く男はどこにもいないのだ」

「本当に？」

「そうでなければ辛すぎる」

二藍の苦しい笑みに、綾芽は胸を衝《つ》かれた。そうだ、二藍にとっては、これはいつか自分の身に降りかかるかもしれない悪夢。

「あなたは絶対に人にするから！」

綾芽は両手を握って叫んだ。

神ゆらぎとは滝を流れ落ちる水だという。滝壺に待ち受ける神としてのさだめへ落ちていく流れ。水が天に向かって流れることがないように、決して人にはなれない。

いや違う。そんなのただの諦めだ。

「十櫛さまと羅覇は言っていたんだ。神ゆらぎを人にする方法はある。ほとんどないに等しい方法だけど、あるんだって」

ないと、ないに等しいはまったく別だ。ならば挑んでみせる。天に向かって水を流してみせる。

「どこかにあるならわたしは探す。手に入れる、絶対だ。だから――」

「――だからわたしは待っている」

二藍の目が優しく潤《うる》んだ。「心配するな。わたしもそのくらいは待てる」

浮かんでいるのは、なんの曇りもない笑みだった。

つい綾芽が目尻を拭うと、二藍は呆《あき》れたように笑って鉈を拾った。

「すこし話が長いぞ。まずはなによりも、疫神を鎮めて桃危宮を抜けるのがさきだ」

「そう……そうだな、ごめん」

「謝れと言っているのではない。嬉しい話を聞けたから気分がいい。この勝負も勝てる気がしてきた」

二藍は鉈を振りあげる。ひと打ち、ふた打ち。やおら傾いで枝は落ちた。大きな、抱えるほどの枝だ。それを綾芽はぎゅっと帯の左側、腰のうしろに差しこんだ。

両手に太刀、左の腰の裏には桜の咲いた枝。早くも花がひらひらと離れていく。べっとりと地に張りつき、黒く滲んで膨れあがる前に、二藍は綾芽の背を押した。

「駆けるぞ」

地を蹴りあげる。生まれたばかりの疫鬼の尖った爪が振るわれたときには、綾芽と二藍はまっすぐに駆けだしていた。

二藍の言ったとおり、疫鬼の猛攻は今までと比べものにならなかった。

これまでの疫鬼はただ綾芽を喰らおうとしてきたが、今は綾芽よりも、むしろ綾芽が腰に手挟《たばさ》んだ桜の方をひとひらでも落とそうと迫ってくる。左から覆いかぶさる疫鬼を二藍が、右を綾芽が散らす。その間にも花びらはひとつ、またひとつと枝を離れて、新たな疫鬼を生む。立ちどまってはいられない。

ひっそりと静まりかえる拝殿の南庭《なんてい》を突っ切って、砂埃《すなぼこり》にまみれた階《きざはし》を駆けあがる。肩ごしに疫鬼の長い手が伸びて、綾芽の肩を引っかける。ひっくり返りそうになったとき、すかさず右に回った二藍が疫鬼の腕を切り落とした。その隙に、がらりとあいた左に別の疫鬼の腕が迫る。桜の枝をむんずと摑み、枝ごと花を折りとっていく。

綾芽は好きにさせておいた。代わりにくるりと振り返り、枝に夢中の疫鬼に向かって思いきり両手を振るった。太刀になぎ払われ、階を転がり落ちた疫鬼は、他の数匹を巻き添えに黒い花びらの塊《かたまり》と化して消えた。

大丈夫、まだ枝は残っている。花だって。

確かな枝の感触を確認して簀子縁《すのこえん》を駆ける。積もった砂がざらざらと音を立てて、足が滑りそうになった。でも決して足はとめないし、どこかに逃げこむこともない。躊躇《ちゅうちょ》しようものなら、すぐに疫鬼に取り囲まれ打つ手がなくなる。

桜池へ繋がる渡殿《わたどの》に入った。途中の床板が抜けて水が溜まり、道が途切れてしまっている。迂回《うかい》する余裕はない。綾芽を追いかけてくる疫鬼は、いまや数十はくだらない。

「どうする」

「飛べ」

言うや二藍は迫る疫鬼に身体を向けた。今にも追いつきそうだった数匹が、二藍に流れる三兄神の血にひるむ。その間に綾芽は助走をつけて、崩れた床を飛び越えた。

振り返らずにひた走る。拝殿と桜池を分かつ築地塀《ついじべい》を越えていく。

眼前の景色が変わって、綾芽は目をみはった。

人の手が入らなくなって久しい桜池は荒れ果てている。ほうぼうに背の高い草が伸び、正殿さえも緑が呑みこもうとしている。

その中で、桜だけが美しく咲きこぼれていた。

築山《つきやま》の山桜が、池の畔《ほとり》のしだれ桜が、大小の桜が揺れている。風に流れて、満開の花を散らしている。あまりの数の花びらで、一面が白く霞《かす》んでいた。

ひときわ白くけぶっているのは、池に突きだした釣殿だった。影がある。三兄神だ。八杷島の装束に身を包み、ゆったりと綾芽の方を向いて立っている。神光が隠した目鼻立ちの中で、かろうじて口元だけが見える。

形の良い唇に似合わない、だらりとした笑みを浮かべていた。

綾芽は口を引き結び、足に力を込めた。釣殿へまっすぐに続く渡殿に足を踏みいれる。背負った桜には、まだいくつも花が残っている。

半ばまで走ったところで、はっとして足をとめた。

三兄神の口元から、はらはらと花びらが零れる。

黒い花びらだ。

一枚、二枚。すぐに、数えきれないほどの花弁が吐きだされた。

太刀を構えたまま、綾芽は後ずさった。三兄神が吐いた花びらはあっというまに膨らんで、疫鬼となって釣殿を埋める。次から次へと数が増すから、釣殿に収まりきらずに桜池に落ちるものまでいる。水に触れた疫鬼はあっという間に溶けて消えてしまう。それでも変わらず増え続ける。また落ちる。また増える。

「これは――」

綾芽に追いついた二藍も言葉を失った。

やがて、釣殿を黒々と埋めつくした疫鬼の目が、一斉にこちらを向いた。朱色の瞳がぎょろりと動き、綾芽が抱えた枝の上でとまる。狙いを定める。

綾芽と二藍は視線を交わした。うなずき合って、前を睨んだ。

疫鬼が押しよせる。前からも、うしろからも。綾芽は太刀を置くと、足を踏んばり、桜を掲げた。迫り来る疫鬼の四つ目が、つられたように天を仰ぐ。そこに声を叩きこんだ。

「そんなに欲しいなら、全部くれてやる！」

言うや思いきり、桜池目がけて枝を投じた。

すべてがゆっくりと動いて見えた。はらはらと花を散らしながら、桜の枝が池に落ちていく。疫鬼がこぞって手を伸ばし、蛙《かえる》のように水面へ躍《おど》りこむ。身を投げる。

目の前がすこしひらけた。二藍が、前に出た勢いのまま太刀を打って道を拓《ひら》いた。

疫鬼の向こう、三兄神へ続く道を。

綾芽は疫除けの太刀を拾い、両腕に抱えて飛びこんだ。疫鬼の目が今さらぎょろりと動いたがもう遅い。太刀の力に身を任せて、三兄神の前に滑るように膝をつき、懐から短刀の鞘を取りだして、一気に頭上に捧《ささ》げた。

「この勝負、わたしの勝ちです。どうかお収めを！」

鞘には、桜の小枝が挿《さ》されている。さきほどまで手にしていたものとは比べものにならないほど小ぶりな、綾芽が最初に手折った枝。

三つの花がつつましく、しかし瑞々しく咲き誇っていた。

こちらが本命だったのだ。

二藍が折った大枝は、ただの目くらまし。綾芽の枝を守るための囮《おとり》。その目的は見事に果たされた。

顔を覆う神光の向こうから、三兄神の瞳が枝に注がれているのがわかる。艶《つや》やかな袖がゆっくりと伸びる。

疫神は、桜の枝に触れた。

強い風が吹いた。花吹雪が絶え間なく頰を打ち、綾芽は思わず目をつむる。

ひらいたときには、疫鬼は一匹残らず消え失せていた。

残ったのは、変わらず綾芽の目の前に立つ三兄神。そしてそよぐ風にちらほらと交ざる白い花びら。それだけだった。

あっけにとられていた綾芽の背に、かしこまった二藍の声が促すように届く。

「花は鎮められた。安まった。どうかお戻りくださいよ、三兄神」

綾芽は我に返り、みぞおちに力を入れて口をひらいた。この勝負は綾芽が挑んだものだ。三兄神を送り返すのも綾芽の役目。

「わたしは……わたくしは、兜坂が春宮《はるのみや》有朋《ありとも》の一の妃、綾芽と申します。こたびは兜坂の国の斎庭に御身《おんみ》を運んでいただけて、まことにまことにありがたき幸せ」

三兄神は身じろぎもせず、綾芽の唱える祭文《さいもん》を聞いている。いや、聞いていないのかもしれない。神に人の言葉は通じない。神の声が人に届かないのと同じように。

それでも声を張りあげた。願いを込めて言葉を紡《つむ》いだ。

「花は鎮められた、安らえられた。どうかお戻りくだされよ、平らかに鎮まれよ、三兄神。笠斗の地から去られよ。この兜坂の土を後にされよ。畏《おそ》れかしこみ申したてまつる」

一気呵成《いっきかせい》に言いおえて、綾芽は息をつき、目をあげた。

三兄神はまだ綾芽の前に立ち、桜の枝を見やっている。口元に浮かぶ笑みはやはり緩んでいる。

綾芽の目には一瞬、それが寂しげで、切ない表情に変じたように見えた。

胸がきりりと痛んだ。かつて人を救おうとした神ゆらぎ。しかし今は人の命を奪い、人の死になにも感じない疫神。

そうなのだろうか。本当にそれだけなのだろうか。

「……犀果さま！」

綾芽は顎をひき、三兄神に呼びかけた。なにをするのかと焦る二藍の気配が、背越しに伝わってくる。それでも口はつぐまなかった。手をつき、身を乗りだして訴える。

「あなたの国は今も平らかだ。よく治まり、賢い人々が民を守っている」

もし犀果が疫神と化した自分に絶望しているのなら、せめて慰めたかった。確かに今は疫病を振りまく荒れ神かもしれない。しかしあなたがいた意味はあったのだ。

「今のご自身に忸怩《じくじ》たる思いがおありかもしれない。でも心配召されるな。あなたは立派に国を守られた。だからこそ、今のあなたがいかに荒ぶろうとも、八杷島は決して斃《たお》れない。あなたが国難を治め、繋げた知恵があればこそ、八杷島は栄え続けるだろう」

三兄神の姿がふいに揺れる。消えていこうとしている。

薄れゆく姿を、綾芽は祈るように見つめた。声は届いただろうか。どこかに残った犀果の心は、すこしは救いを得ただろうか。

いや、救われたようにはとても見えなかった。三兄神はなにも感じていない。口の端に浮かんだ表情は変わらない。綾芽の声など、かけらも届いていない。

ふわり、とひとひら花びらが落ちてゆく。

それが合図であったかのように、塞《ふさ》ぎ熱を運ぶ荒れ神は、跡形もなく消えた。

「……やっぱり、犀果さまはもういないんだな」

ゆっくりと近づいてきた二藍の前で、綾芽は肩を落とした。

「わかってる。いない方がいいんだ。今のご自分のご様子を見れば苦しまれるだけなんだから」

三兄神が寂しそうに見えたのは、綾芽が寂しかったからだ。どこかに心が残っていてほしかった。つまりは犀果の心中を慮《おもんぱか》っているようで、綾芽は自分の気持ちをどうにかしたかっただけなのだ。なんというさもしい感情か。

二藍はかすかに息を吐きだして、膝をつく。うつむく綾芽を自分の胸に引き寄せた。

「そんなことはない。お前の優しさは届いたかもしれない。なんせお前は物申《ものもうし》、神に物を申せる者だからな。きっと、三兄神の奥に残る犀果の心は鎮まっただろう」

もし犀果の心が消え果てていたとしても、と二藍は笑った。

「それはそれで意味があった。わたしの心は安らいだのだから」

ありがとう、とささやきが落ちてきて、綾芽はじわりと熱くなる目をつむった。

第六章

夢のさき、悪夢のいやはて

「期せずして、花をともに見ることになったな」

二藍《ふたあい》は高欄《こうらん》にもたれ、池の向こうで咲きみだれるしだれ桜に目を細めた。

疫神が去り、疫鬼が消えても、桜はいまだ満開だ。『夢のうち』は消えていない。玉壇《ぎょくだん》院《いん》にいる夢現神《むげんしん》が帰らねば終わらないのだ。

「お前も疲れただろう。わたしが祭主を代わるから、さきに外の世に戻っていろ」

あっさりとした調子で二藍が言うので、疫除《えきよ》けの太刀《たち》を膝《ひざ》に置き、舞う花びらを目で追っていた綾芽《あやめ》は、え、と振り返った。

さきほど二藍は、ひとりで玉壇院に行って夢現神に相まみえてきた。

玉盤神《ぎょくばんしん》は、人と関《かか》わらない他の神とは違って、神ゆらぎの口を借りて人に言葉を伝えてくる。自分の口が玉盤神の言葉を告げるのを、神ゆらぎはなにもできずに聞くことになる。

二藍は、そうやって玉盤神にいいように使われる己《おのれ》を綾芽に見せたくないのだ。だからひとりで夢現神に拝謁《はいえつ》し、誰も犠牲にせずに悪夢を脱する条件を『尋《たず》ねて』きたのだった。

えてして玉盤神とは無理難題を突きつけるものだが、若い娘の姿だという夢現神が明かした条件は、至極簡単だったという。

『この悪夢を招いた神の名を、我に奉答《ほうとう》せよ』

ただそれだけ。

それで二藍は綾芽をさきに外へ返して、神の名を調べにゆくつもりになっている。

「嫌だ。ここまで来たんだから、最後まで一緒にいるよ」

綾芽は固くかぶりを振った。こうなっては二藍は退《ひ》かないとわかっているものの、綾芽だって簡単には受けいれられない。二藍を残していくのはどうしても嫌だ。

「『夢のうち』でひとりは辛《つら》いよ。あなたのそばにいたい」

「長居はせぬよ。それに、わたしはずっとひとりだったようなものだから慣れている」

「そういう意味じゃなくて――」

言いかけて、綾芽は口ごもった。違わないのかもしれない。綾芽も里ではひとりぼっちだったけれど、その寂《さび》しさは、二藍の逃げ場のない孤独とは比べられないのかもしれない。

「すぐ戻るから心配するな。お前もすこしは待つ苦しさを味わってみるといい」

二藍はからかうように言って両手をさしだした。やはり決意は固い。綾芽はしばらく迷って、結局手をとった。

「気をつけて。疫鬼はもういないけど……祭主は自分自身の屍《しかばね》を見る羽目になるんだ」

「その程度はなんということはないな」

それより、と二藍は案じるように綾芽を窺《うかが》った。

「お前こそどうなのだ。己の亡骸《なきがら》を目にしたのではないだろうな」

「大丈夫だよ。わたしはずっと台盤所《だいばんどころ》にいたから」

たまたま一箇所に籠《こ》もっていたから、なにも見ないですんだのだ。

ならばいい、と二藍はほっとした顔で、綾芽の手を握りしめた。

「……本当にわたしだけ帰すつもりか？」

「もう怖い思いをさせたくないのだ。すこしは守ってやりたい。斎庭《ゆにわ》の女を守ろうなどとはおこがましいかもしれないが、しようもない男心だと笑って諦《あきら》めてくれ」

綾芽は首を横に振った。そんなことはない。二藍の優しさが嬉しい。

「南門の前で待ってるよ」

「すぐにゆく」

二藍は、羅覇《らは》が教えたとおりの言葉を唱えた。

立ちくらんだように目の前が暗くなって、ぷつりと音が途切れる。再び明るくなったときには、綾芽の両腕は南門の赤い扉を押し開けていた。

南の空に日が高い。瞳を貫《つらぬ》く眩《まぶ》しさに、思わず額《ひたい》に手をかざした。

青空が広がった門の前には、たくさんの人がいる。

息をつめた様子の常子《つねこ》や高子《たかこ》、唇を固く閉じている千古《ちこ》。倚子《いし》に座っていた鮎名《あゆな》が、裂けんばかりに目を見開いて、佐智《さち》に支えられて立ちあがる。泣きだしそうな顔をした須佐《すさ》が駆け寄ってきた。勢いのままに抱きしめてくれる。

――ああ、わたしは帰ってきたんだな。

涙がこぼれ落ちそうになって、綾芽は努めて笑みを浮かべた。


二藍は、虚空《こくう》にさしだされた自分の両手をぼんやりと見やっていた。

(本当に、散るようにいなくなる)

綾芽が消えたその場所に、ひらりと花びらが舞う。池畔《ちはん》に寄せるさざ波が耳にとまる。

瞬《まばた》きする間に綾芽は消え失せてしまった。ひとりになってしまった。

ふいに寂寥感《せきりょうかん》が胸に迫り来た。

久しく忘れていた感情だった。聡《さと》く優しいあの娘は、いつも二藍に寄り添ってくれる。

その温《ぬく》もりに、二藍はいつの間にか溺《おぼ》れてしまっている。

苦笑して両手をおろした。寂しさに浸《ひた》っている場合ではない。早く戻らねば。

慎重に周囲を見やりながら歩きだす。桃危宮《とうきぐう》を廃墟にしたものの正体を明かして、夢現神に告げなければならない。

さきほど玉盤院で対峙《たいじ》した夢現神は、まだ十四、五の異国の娘の姿をしていた。黒地の衣《ころも》に、色とりどりの糸でびっしりと刺繍《ししゅう》が入っていた。長い髪を縄のように編み、赤い細布で飾り立て、やはり刺繡で飾られた布の冠を戴《いただ》いて、どこぞの姫のようだった。

ただ大きな瞳には、玉盤神らしくどんな感情も映ってはいない。

そんな置物のような姿の神に、二藍は抗《あらが》いようもなく頭《こうべ》を垂れた。自分の意志は関係ない。頭を素手で摑まれて、思いきり地に押しつけられたに等しい。神ゆらぎは玉盤神に決して逆らえない。身体の半分が同じものでできている。

綾芽には見られたくなかった。綾芽ならば、そんな惨《みじ》めな姿でさえ仕方ないと言ってくれるのは知っている。あなたの意志とは関係ないんだから、気にしないでいいんだと。

でも二藍は、愛《いと》しい娘に無様な姿をさらせるほど強い男でもなかった。

桜池から拝殿の方へ繫《つな》がる渡殿《わたどの》を半ば過ぎたあたりで、二藍は目を鋭く細めた。

その忌々《いまいま》しき玉盤神が、渡殿のさきにいる。こちらを見つめて立っている。

「……なぜこのようなところに？」

尋ねても、もちろん答えは返ってこない。表情も塵《ちり》も変わらない。

いったいどういうことなのか。玉盤神が自《みずか》ら出歩いたためしなど今までなかった。ここは『夢のうち』だからか。それで夢現神も特別に動き回っているのか。

そう思ったとき、自分の口が勝手に動いた。

「そのとおり。ここは『夢のうち』。お前の夢の中であるゆえに」

二藍の声で、二藍ではない者の言葉を紡《つむ》いだ。

とっさに唇を嚙みしめた。やめろ、わたしの身体はわたしのものだ。そう叫んでやりたいのを必死に抑える。しょせん神ゆらぎは、玉盤神の前では道具に過ぎない。自分が一番わかっている。

――とにかくこんな神、早く帰してしまうに限る。

気持ちを立て直そうと大きく息を吸って、違和感に気がついた。

おかしな匂いがする。鼻をつく異臭《いしゅう》が、どこからか流れてくる。

袖《そで》で口元を覆《おお》って、左右をすばやく見渡した。どうも拝殿の方からのようだ。

と、夢現神がくるりと二藍に背を向けて、拝殿へ向かって歩きだした。ほっそりとした足が動くたび、衣の刺繡に縫いこまれた小さな鈴が、葉ずれのような音を立てる。

二藍は両手を握りしめ、仕方なくうしろに続いた。

うっすらと悟ってはいたが、異臭の正体は拝殿の渡殿に至ってはっきりとした。

拝殿の周囲のあちこちで、鮮やかな女官の衣が地にべったりと張りついている。膨《ふく》らんだ衣の下には中身がある。長い黒髪が広がり、白い手足が覗《のぞ》いていた。触れればまだかすかに温もりが感じられるが、ぴくりとも動かない。

まぎれもなく、事切れていくばくも経《た》っていない、桃危宮付きの女官たちの屍だった。みな悲愴な表情で死んでいる。なにものかが拝殿に降り立ったのだ。逃げようとして、しかし逃げきれなかった。絶望のうちに死が訪れた。

夢現神の見せる悪夢の一端だとわかっていたが、あまりの凄惨《せいさん》さに二藍はつい立ちすくんだ。こんなものを目《ま》の当たりにする羽目になるとは、思ってもみなかった。

（綾芽の夢では、ここに女官の死体など見当たらなかったはずだが）

夢現神は二藍のすこしさきで、腐った石榴《ざくろ》が地に落ちたような光景をぴくりとも頰《ほお》を動かさずに眺めている。二藍は逡巡ののちに、作り物めいた娘に尋ねた。

「これは綾芽や妃宮《きさきみや》が見た行く末とは、まったく別の末路なのでしょうか」

そうとも思えない。殿舎の壊れようは綾芽の夢とまるきり同じだ。ただ綾芽の夢は、この悲劇が起こってから数年は経っただろう廃墟だった。今はどう見ても、恐ろしいなにかが降り立ち、去った直後だ。

夢現神の黒い瞳が二藍に向けられた。口を使われる前に、二藍は問いを重ねる。

「わたしは春宮《はるのみや》ゆえ、綾芽に見せなかったものまで露《あら》わにするのですか？　死んだ女たちの屍までも」

夢現神はゆっくりとうなずいた。

とにかくさきに綾芽を帰してよかった。心から思いながら、二藍は女官らの目を閉じてやって拝殿へと歩んだ。気は進まないが、この惨状を招いた神を知らねば帰れないのだ。

拝殿の蔀戸《しとみど》はあがっていて、中の様子はすぐに見てとれる。覚悟はしていたものの、目を覆うような惨状に、二藍はよろめいて柱に手をついた。

拝殿の奥の一角は崩れ落ちている。瓦礫《がれき》の下に、いくつもの衣の裾《すそ》が見えた。拝殿の北西に控えている女舎人《おんなとねり》のものだ。瓦礫の下敷きになって命を落としたのだろう。

からくも崩壊を免《まぬか》れた西廂《にしびさし》にも、女官の姿がいくつもある。衣の背中が大きく裂けている。獣に襲われたかのようだ。

南の廂や母屋《もや》に至っては、二藍はもう直視できなかった。顔を確認せずとも、その装束《しょうぞく》で誰の屍なのかわかってしまう。柱にもたれているのは尚侍《ないしのかみ》の常子ではないか、そちらの障子の前は佐智だ。ああ、そこで鬼の形相《ぎょうそう》で神の御座《おまし》を睨《にら》み、事切れているのは鮎名か。

たまらず背を向け、外を見やって息を吐いた。落ち着け、ただの幻だ。無数の行く末のうちのひとつに過ぎない。

そう自分に言い聞かせても、気づいてしまった事実からは目を背《そむ》けられなかった。

顔ぶれやそれぞれの装束や顔つきは、二藍のよく見知っているものばかりだ。つまりこれは、それほど遠いさきの出来事ではない。せいぜい数年後。

たった数年後にこんな恐ろしい光景が広がるのか。桃危宮は廃墟と化すのか。ならば斎庭はどうなる。外庭《とつにわ》は、大君《おおきみ》は、都は、国は？

頭を押さえていた二藍は、目をあげた。いつの間にか、すぐ目の前に夢現神が立っている。柔らかみのない、石のような瞳を瞬きもせず、二藍に向けている。

――名を。

頭の中に声が響く。二藍は苛々《いらいら》と額を拭《ぬぐ》った。

「まだわかりませぬ」

みなを殺した者の名は浮かんでこない。獣の爪に裂かれた女官がいたから、山神が荒れたか？　それともどこぞの神の眷属《けんぞく》が獣だったのだろうか。

拝殿は大きく崩れているし、桃危宮のうちでは焼け落ちている場所もあった。地震を引き起こす地脈の神が、眷属を引き連れて訪れたとも考えられる。

夢現神の刺繍に彩られた袖がふいに動いた。

腕を伸ばし、立てた指をまっすぐ二藍に向けた。

まるで指を差すように。

二藍は息を呑んで、それからはっとして背後を見やった。まさかそこに神が——。

誰もいなかった。拝殿は静まりかえっている。ならば、中をもっと調べろというのか。

従いたくはなかったが、結局は再び踏みいった。身体が重い。気が進まない。だがこうなったからには、確認せねばならないこともある。

綾芽はこの場にいるのだろうか。綾芽もここで命を落としたのか。あの生き生きとした双眸《そうぼう》が、曇った玻璃《はり》のように光を失うと？

ありえない。あってはならない。

せめてもと、事切れた女たちを整然と横たえながら、二藍は綾芽を探した。廂を伝い、ひとりまたひとりと瞼《まぶた》を閉じさせるたびに心が抉《えぐ》られる。抉られるほどに気持ちは焦《あせ》る。もういい、充分だと思うのに、いつしか確認せずにはいられなくなっていた。

綾芽はどこだ。拝殿にいるのか？　見つからないかもしれない。そうだったらいい。

夢現神は一歩も動かない。夕日の差しこむ南の廂で、身動きもせずに待っている。

南の廂の女たちを安置したところで、二藍は袖で額を拭った。斃《たお》れた者の多さに音《ね》をあげそうになる。いくらなんでも拝殿に人が多すぎる。常の祭礼では、ここまで高官が一堂に会することはない。それこそ祭礼で犠牲が出た際に、全滅を避けねばならないからだ。

なのになぜ、このときはここまで人が集まっていたのか。祭礼の途中ではなく、議定《ぎじょう》をしていた？　それとも、どうしてもみなの力が必要な――。

考えながら首を巡らせた二藍の脳裏は、一瞬真っ白になった。

母屋の中央、神の昼御座《ひるのおまし》のすぐ前で、厚畳《あつじょう》にもたれるように女が倒れている。美しい装束が広がっている。覗いた頭の形に、髪の滑らかな輝きに、確かに見覚えがあった。

ふらりと近寄って膝をついた。娘は御座へ縋《すが》るように腕を伸ばしたまま、打ち伏している。二藍は何度も息を吸っては吐いてをしてから、そっと触れる。抱くようにして、その身をひっくり返した。

声にならない声が漏《も》れる。

幻だとわかっていても、二藍は娘の身をかき抱いて、何度も名前を呼んだ。

声は返ってこなかった。

激しい怒りに衝き動かされて、二藍は己の死体を探し回った。

愛しい娘の亡骸は、綺麗に顔を拭《ふ》いて横たえた。寂しくないよう鮎名に寄り添わせて。

綾芽は泣いていた。涙の跡が幾筋も頬を伝っていた。拝殿には恐怖の中で死んだ者も、怒りを抱いて事切れた者もいたが、綾芽はどちらでもなかった。悲しみに暮れていた。絶望の涙を流していた。

（いったいわたしはなにをやっている）

未来の自分が、惨事を招いた荒れ神を抑えられなかったのは致し方ない。これだけの花将《かしょう》が揃《そろ》って手も足も出なかったのだ、二藍ごときに止められるわけもない。

だが最期《さいご》のときに、なぜ綾芽の隣にいない。涙を拭ってやらない。なぜ背に庇《かば》って、綾芽を守って死ねなかったのだ。

自分の屍を蹴りあげたい気分だった。拝殿のどこかで死に絶えているのなら、早く姿を現せと言ってやりたかった。まさか逃げたわけではあるまい。

しかしどれだけ探しても、二藍は自分の屍を見つけられなかった。

（瓦礫に埋まったのか？）

何度も周囲を見回す。女たちはみな、できる限りの穏やかな姿に整えた。いつしか拝殿の空気は、乾いた廃墟めいたものに変じている。

夢現神はいまだ同じ場所に立ち、拝殿の中央、空白の神の御座に目をやっていた。

不吉な予感が背を走る。

二藍は血に濡れて重くなった袖を払い、ゆっくりと夢現神に近づいた。神座へ向いた視線を遮《さえぎ》るように問いかける。

「この行く末で、わたしはどこにいるのかご存じか」

夢現神はさきほどと同じように腕をあげて、まっすぐに二藍を指した。

「今のわたしではなく、悪夢の日に死んだわたしの方です。瓦礫の下に？　それとも拝殿ではない場所に？」

夢現神の手は動かなかった。二藍は息を詰めて背後に目をやる。そこには誰もいない。空の神の御座だけがある。綾芽が縋るように手を伸ばし、死んでいた御座が。

二藍は夢現神に目を戻した。もはや胸元に刃《やいば》を突きつけられているとしか思えなかった。

「……わたしか」

声が震えた。まさか、違うと言ってくれ。

「この惨状は、わたしが招いたものか。わたしが……神としてのわたしが」

三兄神《さんけいしん》と同じだ。二藍は一線を越えた。荒れ神に変じた。そしてすべてを破壊し尽くして去っていった。

拝殿に人が揃っているのはそのためだった。誰もがとめようとしたのだ。落ちていく水を掬《すく》いあげようと身体を張った。でもできなかった。水は天に向かっては流せない。

綾芽にさえも。

――だから綾芽は泣いていたのか。泣かせたのはわたしなのか。

吐き気がしてきて、二藍は両膝をついた。立っていられない。夢現神に違うと言ってほしかった。お前ではない、お前に罪はないと。

けれど夢現神は、拝殿の南庭《なんてい》を抜けたさきにある、桃危宮の南門を指し示すだけだった。正しき解を探し当てたゆえに、帰りの道を与えると言わんばかりに。

「どうすればいい。どうすればこのさだめを避けられる」

答えなんて返ってこないとわかっているのに、つい尋ねる声が漏れた。夢現神の瞳は動かない。ほんのわずかに震えることもない。

二藍はがっくりとうなだれた。うつむく瞳に、染《し》みにまみれた床板が飛びこんでくる。汚れのひとつひとつが、二藍を責めている気がした。

たまらず目をあげる。どこにも逃げ場はなかった。なにもかもが二藍をなじっている。お前のせいだ。お前がやったんだ。全部全部、お前が滅茶苦茶にしてしまった。

ただ夢現神の瞳だけが、二藍を見おろしている。感情を持たない、凍った目。

憎たらしい、忌々しい神なのに、その静けさが今は救いに感じられて、二藍は縋るように仰ぎ見た。

夢現神の瞳が、ゆっくりと動いた。

――お前も白羽《しらは》の矢が欲しいのか。

二藍の頭の中に、娘らしい、幼い声が転がり落ちる。

――だが矢はやれない。別の者に渡してしまった。

夢現神は、自分の手に目を落とした。ほっそりとした指には、大きな金の指輪が嵌《は》まっている。

――代わりに的《まと》を与えるとしよう。そうすればいつでも、お前は矢を受けとれる。

「……なんの話だ」

二藍は、我に返って立ちあがった。夢現神は要領の得ないことを言っている。なにかを二藍に押しつけようとしている。きっと悪《あ》しきものを。

「白羽の矢などいらぬ。それは神が贄《にえ》に渡すものだろう。わたしは贄にはならぬ」

――そういう神もある。我らの中では贄ではない。救いだ。

意味がわからない。耐えかねて後ずさった。

「とにかくいらぬ。的とやらもいらぬ」

――なにを言う。

ひた、と夢現神の手が頬に触れて、二藍は動けなくなった。冷たい掌《てのひら》、死人の手だ。

――お前はさきほど、心の底から望んでいただろうに。

なにを、と問いたいのに問えなかった。悪寒《おかん》が這《は》いあがる。ふいに手元が鋭く痛んだ。目をやれば、夢現神は指輪の飾りを二藍の親指の付け根に押しつけていた。

「なにをする」

とっさに振りはらうと、簡単に手は離れた。夢現神は淡々と告げる。

——濃き神ゆらぎはみなそれを欲しがる。だから与える。お前はいらぬのかと思ったが、やはり欲しかったのだな。

だからなにを——と言い返そうとして、二藍ははたと周囲を見やった。

夢現神の姿はかき消えていた。

それどころか血に染まった拝殿すら消え失せている。振り返っても、もう亡骸は見当たらない。瓦礫も失せている。空は青く晴れていて、二藍のよく知る、手入れの行き届いたいつもの拝殿がそびえたっていた。

（夢現神は帰ったのか……）

と感慨深く掌を見つめたところで、二藍は違和感に眉を寄せた。

さきほど、確かに親指の付け根に痛みを感じた気がする。夢現神になにかされたような。なにか不穏なことを言われたような。

——思い出せない。

ついさきほどのことなのに、自分が強く心を動かしたのはぼんやりと記憶にあるのに、それ以外になにが起こったのかは、思い出そうとすればするほどあやふやになっていく。

まさに、人が見るという夢のように。

「……夢現神はわたしに夢を見せたのか？」

しばらく頭を捻《ひね》って、二藍はかぶりを振った。幸か不幸か、夢現神に神の名を告げたところまではははっきりと覚えている。

拝殿の惨状も、己の所業も。

――なぜだ。

胸に巣くっていた疑問が膨れあがって、身を焼いた。

神に変じたくなどないのだ。綾芽に約束した。人になると、人として生きて、添い遂げると。なのになぜわたしは神などに化した。なにもかもをぶち壊してしまった。死を振りまいて去っていった。

涙にくれた綾芽をうち捨てて。

「二藍さま！」

振り返ると、南門が大きくひらいていた。懸命に駆けてくるのは綾芽だ。二藍の姿を認めてぱっと顔を輝かせ。その袍《ほう》がぐっしょりと濡れているのに気づいて血相を変える。

「それは血か？　怪我《けが》をされたのか？　今すぐ――」

「寄るな、穢《けが》れる」

綾芽はぴたりと立ちどまった。戸惑いが瞳の奥で揺れている。

二藍は苦く笑みを浮かべた。

「無論、お前が穢れてしまうという意味だ」

「……でも、怪我してるんじゃないのか」

幻は消え果てた。死体を見ていない綾芽には、二藍がなぜ血にまみれているのかがわからないのも道理だ。

「わたしの血ではないのだ」

これはお前の、お前たちの血だ。

二藍は顔を背け、早足で歩きだした。

「穢れを落とすから、しばらくひとりにしてくれ。お前は妃宮に、すべて終わったとお知らせするように」

「でも」

「妃宮に知らせせよ、梓《あずさ》」

女孺《にょじゅ》として命じられた綾芽は、戸惑いを押しこめ、頭をさげて出ていった。

これでいいと思った。今はとても綾芽の顔を正面から見られない。別の綾芽の姿が重なって耐えられない。

——わたしはお前を殺してしまった。いつかお前も殺してしまうかもしれない。

隣にいさえすれば、綾芽も、綾芽のゆく道も、守れるものだと信じていたのに。

南門の前には人が集まっているようだった。二藍の姿を見てみな安堵《あんど》の笑みを浮かべ、戻ってきた綾芽の報告を聞いて怪訝《けげん》そうに首を傾ける。

集まりからすこし離れたところに、羅覇がいた。二藍をじっと見つめている。その姿を目にしたとたん、二藍は悟った。すべてを理解した。

羅覇がなんのために斎庭《ゆにわ》に戻ってきたのか。

なぜ綾芽を助ける方法を頑《かたく》なに口にしなかったか。

なにもかもが収まるべきところに収まっていく。腑《ふ》に落ちていく。

——八杷島《やはじま》は、羅覇は、わたしに心術を使わせようとしているのか。

心術を用いさせて、一線を越えさせて、荒れ神に仕立てようと考えているのか。

羅覇が綾芽を助ける方法を勿体《もったい》ぶって言わなかったのは、なにも機密だからではない。

焦《じ》れた二藍が心術の行使に踏み切るのを待っていたからだ。

先日の大風《おおかぜ》の神を呼ぶ祭礼で、千古が失敗するよう仕向けて邪魔を入れたのも、最後の最後で祭礼の成就《じょうじゅ》が危ぶまれるように事を運んで、二藍が心術に頼ってでも事態を打破しようとするのを狙っていた。

匳《くしげ》の岩山の洞窟で、殺すつもりの感じられない賊が襲ってきたのも同じ理由だろう。二藍が、心術で解決できる程度の危機に瀕《ひん》してほしかったのだ。

すべて、二藍を荒れ神に変えようと企《くわだ》てられた策だった。羅覇が戻ってきたのもこのためか。神金丹《しんこんたん》をさしだしたのも、うまく二藍が受けとって口にすれば、その場で荒れ神に変じるからだ。

それが八杷島になんの益をもたらすのかを考える冷静さは、二藍には残っていなかった。ただ胸の奥には死んだ綾芽の面影と、燃えあがった憎悪だけがあった。

どうでもいい。どちらにしても口を割らせればわかること。

「……お前たちがわたしを利用しようとするならば、わたしにも考えがある」

八杷島が、羅覇を使って兜坂《とさか》を痛めつけようとするのなら、逆にこちらが利用してやる。羅覇を屈服させてやる。すべてを吐かせてやる。

それこそ、心術を用いたとしても。

二藍は太刀《たち》の柄《つか》を握りしめた。

親指の付け根が、ちくりと痛んだ気がした。

「しかし驚いたな。異国の地で三兄神に相まみえるとは。我が祖霊に等しい御方だろう」

朗々と響く声に、羅覇は答えなかった。そのような話のために顔を合わせているわけではない。

＊

ここは都の一角、異国の大使が宿舎として使う客館である。室《へや》はひどく薄暗い。空に重い雲が澱《よど》んでいるからでもあるが、玉盤大島風の造りである客館は、四方を壁で囲まれているから、そもそも兜坂の建物ほど光も風も通らなかった。

暗い窓のそばで、倚子《いし》に腰掛けた十櫛《とくし》は笑みを浮かべている。場違いにも思える、陽光のような笑みである。今にも雷雨を背負いそうな羅覇とは正反対だ。

羅覇は息を吐き、ようやく答えた。

「三兄神はいまや疫鬼を率いる荒神《こうじん》。もはや我ら八杷島の祖霊とは申せませぬ」

「とはいえ、あの御方がその身を賭《と》したからこそ、今も八杷島の王朝は安泰《あんたい》だ。この薬とて、あの御方の悲劇を繰りかえすまいと、そなたの一族が身を粉にしたからこそ完成したものだろう」

十櫛がひらいた掌には神金丹が載《の》っている。薄闇の中でも滑らかに輝く、金の丸薬。十櫛はにこりと笑みを浮かべ、羅覇にさしだした。

「そなたに与える」

「ありがたき幸せ」

羅覇は恭《うやうや》しく受けとった。疑念に身を焦《こ》がしながら。

由羅《ゆら》として斎庭《ゆにわ》に潜《ひそ》んでいたころと、この王子は変わらない。いつでも日向《ひなた》の笑みを浮かべ、飄々《ひょうひょう》としている。祭官の一員たれと幼少のころより厳しく育てられた羅覇は、当初十櫛を愚鈍な王子と見下していた。八杷島の大使であり内偵の任をになう人質に、かような王子を遣《や》る羽目となった祭王《さいおう》の運のなさよ、と。

しかし由羅として斎庭に入ってしばらく、その印象は覆った。どうしてなかなか、策士ではないか。祭王は間違っていなかった。この男がいればこそ、八杷島は決して失敗はしない。必ず目的を果たす。

そう考えていたのだが。

「なにか言いたいことがありそうだな、羅覇よ」

十櫛が倚子に背を預け、小首をかしげた。おわかりのくせにと思ったが、羅覇はことさら厳しく視線を尖《とが》らせる。

「なぜ邪魔されたのです」

「なんの話だ？」

「兜坂の春宮《はるのみや》に、どうして独断で夢現神の夢を抜ける方法を話されました。あなたさまが邪魔をなさらなければ――」

「二藍はお前に口を割らせるために、心術を用いた。伎人面《ぎじんめん》を被《かぶ》ったお前に心術を使えば、必ず二藍は神気を溢《あふ》れさせる。一線を越える」

そして、と十櫛はついと目を細めた。

「二藍に白羽の矢が立ったはずだ。場合によれば立つだけでなく、すべてが終わった。そう申したいのか？」

「そのとおりです」

なぜ笑う。なにがおかしい。羅覇は苛立《いらだ》ちを隠せず、八杷島の土を一度も自らの足で踏んだことのない王子を睨みすえた。

「あなたさまが二藍に秘密を明かした理由をお教えください。わたしたちがどれほど苦心を重ねて、あの男に心術を使わせようとしてきたとお考えなのですか？　絶好の機会でした。二藍は、死にゆく者に引導を渡すという己《おの》が理《ことわり》を乱されて、我を忘れていたのに」

「理か」

十櫛は暗闇に占められた天井の隅を見あげた。「それはどうかな」

「……まさか殿下は、二藍が女嬬を助けたいがために必死になっていたとお考えで？」

羅覇は顔をしかめた。あの女嬬——梓に、二藍がそこまでこだわるものか？

奇《く》しくも由羅として潜入していたとき、同室だった娘。田舎《いなか》生まれで文字も読めない、女嬬の位《くらい》すらもったいないような娘。

あの娘が二藍付きに抜擢《ばってき》されたのは、いつもの二藍の気まぐれに違いないと思っていた。二藍は神ゆらぎとして生きる引け目からか、事情に詳しい都の娘を嫌って、田舎の出の無知な娘ばかりを近くに置こうとする。

その点、梓はあつらえ向きの、なにも知らない娘だった。そのわりに身のこなしが軽く、頭もそんなに悪くないから、便利に使っていたのだと考えていたが。

「二藍は、あの娘をそれほどに気に入っているのですか？」

羅覇が姿をくらましているあいだに、なにかが起こったのだろうか。二藍にとって、梓は特別な存在になっているのか？

と、十櫛は噴きだした。

「……なにがそうおかしいのです」

「いや、そなたは誤解をしているようだからな。二藍が、あの女嬬を女として気に入っているのかと尋ねたいのだろう？」

「女として見ているのではないのですか？」

「まさか。同じ王族だからこそわかる。我らと民は生きている世が違うのだ。わたしが言いたかったのは、二藍はお前が思うほど冷血ではないということだ」

なんだ、と羅覇は息をついた。二藍が梓に心奪われているなら、利用しようもあったが。

「ならば殿下のお考えは的外れというものです。二藍は神気のいと濃き神ゆらぎ。冷血かどうかは関係なく、法や理に惹《ひ》かれるのは至極当然。やはりわかりませぬ。なぜ二藍を助けられた？　もしや祖国を裏切るおつもりではありませんでしょうね」

それは、羅覇が今もっとも懸念《けねん》していることだった。

「無礼を申すな。祖国を裏切るわけがあるまい」

「あなたさまは兜坂で育った御方です」

「血をとるのか、育ちを選ぶのか。そう申したいのか？」

十櫛はおかしそうに笑った。「羅覇よ、お前は誤解している。わたしが二藍をとめたのは、祖国のためぞ」

「どういう意味で仰《おっしゃ》っている？」羅覇は眉を寄せた。「解《げ》せませぬ」

祖国を思うならば、あそこで二藍に心術を使わせるべきだった。兜坂の国は、破滅まであとほんの一押しだったのに。

「あのまま二藍が心術を用いて一線を越えたとしても、白羽の矢は立たなかった。あの男はただの荒れ神になって、それで終わりだった。ちょうど今回の三兄神のように」

思わぬ一言に、羅覇は色をなした。

「まさか、ありえませぬ。我らが王太子殿下のご様子をご存じでしょう！　もはや……」

胸がつまり、言葉が出てこない。涙がせりあがるのを抑えて、羅覇は声を強くした。

「もはや、あの方に猶予《ゆうよ》は残されていないのです。そのときは迫っているのです。他国の神気の濃き神ゆらぎとて同じ。とっくに身に的は置かれている。いつでも白羽の矢が立つ準備はできている。二藍とてそうだったはずなのに」

「二藍に的は置かれておらぬよ」

「そうでしょう、的は置かれて――」

羅覇は口をあけた。

「……なんと仰いました。二藍に的は置かれていない？　嘘でございましょう？」

ありえない。『そのとき』が迫る今、二藍に矢が突きたつための的がないわけがあるか。あの男が的を持たないのなら、羅覇の努力はすべてが水の泡だ。国も、あの方も救えないではないか。

「あなたは兜坂に心を売られたのですね。それで二藍を庇《かば》う嘘を……」

「わたしが信じられぬと？　では試してみればどうだ。次に二藍に会《お》うたら、心術を使わせてみればよい。お前の努力はそのときこそ、真に水の泡になる」

十櫛の瞳は揺らがない。動揺などかけらも窺えない。羅覇は今ほど、心術を用いたいと思ったことはなかった。十櫛に心術をかけて、すべてを吐かせられれば楽なのに。

「……失礼を申しました。お許しくださいませ。しかしなぜ二藍に的は置かれていないのです。濃き神ゆらぎはみな玉盤神を求めるでしょう。あの男だけが特別必要としていないとは考えられませぬ」

どんなに避けようと逃れようと、神ゆらぎは必ず玉盤神の理に、そのありように惹かれてしまう。神金丹に惹かれるように、抗いようもなく。

「わたしもそれは疑問だったのが」

と十櫛は考えこんだ。

「誰ぞが引き留めているのですか？　心ゆるせる友か、愛妾《あいしょう》でも。まさかとは思いますが、物申《ものもうし》が？」

『そのとき』を前にした今、ちょうど物申が、それも兜坂のような辺境にいるなどという都合のよすぎる事態があるわけもないが。

「……菖蒲《あやめ》の花が咲いているな」

「菖蒲？　花をことさら好む男でしたか？　花ごときが変えられるものですか？」

「いや違う、まったく関係ない話を考えていただけだ」

十櫛はにこりと笑って立ちあがった。窓に歩み寄り、晴れ間の見えた外の景色に眩しそうな顔をする。羅覇はますます眉をひそめた。この王子は本当に信用に足るのだろうか？

「十櫛王子」

「なんだ？」

「どうかお忘れなきよう。このままでは我が国は滅びます。玉央《ぎょくおう》に喉《のど》もとを押さえられ、無残に朽《く》ち果てます。あなたさまの類縁はことごとく死し、王太子殿下には死よりも辛いさだめが待ち受けております。わたくしは恐ろしい行く末を回避するため、そのためだけに手を血に染め、身を粉にして働いているのです」

「わかっているよ。お前はよくやっている」

「どうかあなたさまにも、同じお心がありますように」

「もちろんだ。わたしは八杷島の王子だよ」

「では誓ってくださいませ。八杷島は決して滅国《めっこく》しないのだと。滅国するのは兜坂だと。我らが王太子殿下は神ゆらぎのさだめを免れると。引き受けるのは二藍だと」

「もちろん誓おう」

背を向けたまま、さらりと十櫛は口にした。「しかし」と独り言のように付け加える。

羅覇は身構えたが、十櫛がつぶやいたのはまたしても関係のない花のことだった。

「しかし菖蒲は美しい。あの花が咲き誇るのを、わたしはずっと待っている……」

＊

夜の帷《とばり》のおりた南の廂に、二藍がひとりで座っていた。近頃とみに冷えてきたというのに、火桶《ひおけ》も出さず、衣も重ねず、暗い庭に目を向けている。

月もない夜は、庭に揺れる木々の影さえぼんやりと沈む。二藍はなにを眺めているのだろう、と綾芽は胸を押さえた。見えないものを見つめたって仕方ないのに。

迷ったが、意を決して近寄った。そっと肩に衣をかける。

「二藍、風邪《かぜ》をひくよ。暖かいところに入ろう」

それでもしばらく反応は返ってこなかった。

やがて二藍は、貼りつけたような笑みを浮かべてこちらを向いた。

「お前こそ冷えぬ場所にいろ。女は寒さで調子を崩すのだと、斎庭の女たちから耳にたこができるくらいに聞いた」

「男だって同じだろう。さ、一緒に母屋《もや》に行こう」

なにを言っても、二藍は立ちあがろうとしなかった。綾芽から目を離し、また暗闇に目を向ける。綾芽は所在なく立っていた。いつもならば無理矢理にでも母屋に引っ張るのだが、今はどうすればいいのかわからない。

二藍が桃危宮でなにを見たのか、綾芽は鮎名から伝え聞いた。鮎名は大君から聞いたというから、又聞きの又聞きだ。二藍は、直接話してはくれなかった。自分の口からは語れないと思ったのか、そもそも知ってほしくなかったのか。

二藍は拝殿で、死んだ女たちの幻を見たのだそうだ。しかも殺したのは、荒れ神となった二藍自身だった。

それからずっと、悪夢に囚《とら》われている。

二藍がどれほどの衝撃を受けたかを思うと、綾芽は苦しくて仕方なかった。自分を責めただろう。荒れ神に変じてしまえばもう、二藍の意志でとめることなど叶《かな》わないのに、それでも己の手で斎庭の女を、綾芽《あや》を殺めてしまったと絶望に苛《さいな》まれたのだろう。

(でもわたしは、ここにいるんだ)

綾芽は二藍を抱きしめたかった。抱きしめて、目を見て言いたかった。わたしはここにいる。死んだわたしなんていないんだ。ただの悪趣味な幻だ。悪夢は終わったんだ。そんなものに囚われちゃだめだ。

わたしを見てくれ。いまここにいるわたしを。

「どうした。秋ゆえのもの悲しい気分か？　それとも人肌が恋しいのか」

二藍はふいに顔をあげると、綾芽の頭を自分の胸に押しつけるように抱き寄せた。

抱きしめ合う、というものではなかった。幼子を抱く父のようだ。抱かれているのは綾芽だけ。

綾芽は顔を持ちあげて、二藍と目を合わせようとした。でも強く押さえられてできなかった。

どうにか首を捻って瞳だけ上に向ける。

二藍は、やはり夜の闇を射るように見つめていた。

※この作品はフィクションです。実在の人物・団体・事件などにはいっさい関係ありません。

集英社オレンジ文庫をお買い上げいただき、ありがとうございます。
ご意見・ご感想をお待ちしております。

● あて先
〒101-8050　東京都千代田区一ツ橋2-5-10
集英社オレンジ文庫編集部 気付
奥乃桜子先生

神招きの庭　3

花を鎮める夢のさき

集英社
オレンジ文庫

2021年2月24日　第1刷発行

著　者　奥乃桜子
発行者　北畠輝幸
発行所　株式会社集英社
〒101-8050東京都千代田区一ツ橋2-5-10
電話【編集部】03-3230-6352
【読者係】03-3230-6080
【販売部】03-3230-6393（書店専用）
印刷所　大日本印刷株式会社

※定価はカバーに表示してあります

ISBN 978-4-08-680366-3 C0193